**MANFRED BAUMANN**

Englein, Mord und
Christbaumkugel

**MÖRDERISCHER WEIHNACHTSZAUBER** Weihnachtszauber im berühmten Schloss Hellbrunn bei Salzburg.

Glanzvoll geschmückte Hütten, Chorgesang, Bläsermusik, fröhlich gestimmte Besucher aus aller Welt. Doch etwas stört die Idylle, und das gewaltig. Mitten im festlichen Weihnachtstreiben taucht plötzlich ein Toter auf. Brutal ermordet. Und Kommissar Merana, der eigentlich mit seiner Großmutter ein wenig Weihnachtsstimmung genießen wollte, muss den Punschbecher zur Seite stellen und sich auf die Suche nach einem Mörder begeben. Bei dieser überraschungsreichen Jagd stößt er auf sonderbare Gestalten, auf geschwätzige Hirten, mörderische Glöckler und auch auf eine Gruppe Chinesen, die tatsächlich Mysteriöses im Schilde führt …

© Christian Streili

*Manfred Baumann, geboren 1956 in Hallein/Salzburg, war 35 Jahre lang Autor, Redakteur und Abteilungsleiter beim Österreichischen Rundfunk. Heute lebt er als freier Schriftsteller, Kabarettist, Regisseur und Moderator in der Nähe von Salzburg. Der Krimi »Drachenjungfrau« wurde vom ORF für die Reihe »Landkrimi« verfilmt. Manfred Baumann ist auch bei Facebook.*
*www.m-baumann.at*

# MANFRED BAUMANN

# Englein, Mord und Christbaumkugel

*Kriminalroman*

GMEINER

Immer informiert

Spannung pur – mit unserem Newsletter informieren wir Sie
regelmäßig über Wissenswertes aus unserer Bücherwelt.

Gefällt mir!

Facebook: @Gmeiner.Verlag
Instagram: @gmeinerverlag
Twitter: @GmeinerVerlag

Besuchen Sie uns im Internet:
www.gmeiner-verlag.de

© 2020 – Gmeiner-Verlag GmbH
Im Ehnried 5, 88605 Meßkirch
Telefon 0 75 75 / 20 95 - 0
info@gmeiner-verlag.de
Alle Rechte vorbehalten
1. Auflage 2020

Lektorat: Claudia Senghaas, Kirchardt
Herstellung: Mirjam Hecht
Umschlaggestaltung: U.O.R.G. Lutz Eberle, Stuttgart
unter Verwendung eines Fotos von: © Blickfang / stock.adobe.com
Druck: CPI books GmbH, Leck
Printed in Germany
ISBN 978-3-8392-2711-4

# INHALT

# SÜSSER DIE GLOCKEN NIE BIMMELN

»Wow, du hattest recht, Emil! Das schaut tatsächlich aus wie ein riesengroßer Adventskalender. Was für ein Highlight bei diesem Adventszauber!« Das magische Licht der Scheinwerfer ließ die Mauern erstrahlen, hob die gesamte Schlossfassade mit einladender Wärme aus dem Dunkel der Nacht.

Die Frau mit dem leicht norddeutschen Akzent fasste ihren Begleiter fester am Arm und deutete aufgeregt nach vorn. »Das ist einfach großartig! So wie alles hier.«

Ihre Armbewegung umfasste das gesamte Areal. Die prachtvollen Gebäude des alten Renaissanceschlosses umspannten den weitläufigen Hof. Sie bildeten einen würdigen Rahmen für die vielen reich verzierten, weihnachtlich glänzenden Hütten, Pavillons, Verkaufsstände, die sich, flankiert von verschneiten, lichterbewehrten Weihnachtsbäumen, bis zum Ende der weit ausladenden Schlossauffahrt erstreckten.

»Das freut mich, Mathilde, ich war davon überzeugt, dass dir das gefallen wird.«

Der Mann strich seiner Begleiterin zärtlich über die Wange.

»Was heißt gefallen? Es ist überwältigend!« Die Frau ließ den Mann los, breitete die Arme aus und drehte sich wiegend im Kreis. Der olivgrüne Schal, der sich um ihren Hals schlang, machte die freudig tänzerische Bewegung mit. »Ich kann es gar nicht richtig fassen, Emil. Wir sind tatsächlich im berühmten Schloss Hellbrunn, wo man so gerne durch prächtige Parklandschaften lustwandelt, die großartigen Wasserspiele genießt. Man kennt das vor allem vom Sommer. Aber jetzt zeigt sich dieselbe Anlage in einem ganz anderen Kleid. Sie ist verwandelt in eine weihnachtliche Zauberwelt!«

»Ja, Mathilde. Und wir beide sind mittendrin.«

»Da, schau, Emil!« Erneut wies die Frau zur festlich bestrahlten Fassade. »Da kommen Musiker direkt aus dem Schloss. Sie stellen sich an die Balustrade der großen Treppe.«

»Ja, Mathilde, das sind Bläser aus dem Hellbrunner Hoforchester, so viel mir bekannt ist. Sie werden uns gleich mit zauberhaft festlichen Klängen weihnachtlich einstimmen.« Die Frau klatschte in die Hände wie ein Kind, das sich über ein Geschenk freute. »Einfach himmlisch, Emil. Du hast mir zwar eine Überraschung versprochen, aber ich konnte mir nicht vorstellen, dass sie so großartig wird. Und auch noch weihnachtliche Musik vor der Fassade des Schlosses, dessen erleuchtete Fenster wirklich ausschauen wie ein riesiger Adventskalender. Und ich bin überzeugt, Emil …«

Wovon die Dame aus Norddeutschland überzeugt war, ließ sie ihren Begleiter nicht mehr wissen. Sie verstummte im selben Moment, als die Bläser auf der großen Freitreppe ihre Instrumente ansetzten und die ersten feierlichen Klänge durch die Weite des großen Innenhofes schwebten. Und so wie die Dame mit dem olivgrünen Schal beim Erklingen der Musik ihren freudig sprühenden Redefluss einstellte, reagierten auch die meisten anderen Besucher des Weihnachtsmarktes. Sie verstummten, wandten die Gesichter zum Schloss und lauschten der berührenden Musik.

Es waren bereits Tausende Besucher, die sich an diesem Abend im weitläufigen Areal zwischen den prächtig geschmückten Hütten des stattlichen Hellbrunner Weihnachtsmarktes tummelten. Unter ihnen war auch ein Mann, der den Zauber von Hellbrunn besonders liebte, und das zu jeder Jahreszeit. Der Leiter der Salzburger Kriminalpolizei, Kommissar Martin Merana. Er hatte eben noch die Bemerkungen der Dame im olivgrünen Schal mitbekommen. Er verkniff sich, laut auszusprechen, was sich ihm dabei aufdrängte. Auch Merana war beeindruckt von der anmutig beleuchteten Schlossfassade. Fast bei allen der großen Fenster waren die kunstvoll geschnitzten Balken geöffnet und gaben den Blick frei auf die hell erleuchteten Ziffern an den Scheiben. Die Eins erkannte Merana direkt über dem marmorumrahmten Portal. Die 20 entdeckte er auf dem Fenster rechts außen in der darüberliegenden

Zeile. Die Scheiben mit der 20 waren erst seit heute zu sehen. Somit blieben vier Fenster verschlossen, ehe am Heiligen Abend alle 24 geöffnet waren. Dieses spielerische Ritual für die Tage der Vorweihnachtszeit kannte man im gesamten deutschsprachigen Raum. Aber wir in Österreich lassen halt bei der Bezeichnung dieses adventlichen Brauchs das S weg, war Merana fast versucht zu sagen. Wir sagen Adventkalender. So wie es bei uns den Adventkranz gibt, und den Adventsonntag. Auch den Adventzauber. Alles ohne S. Vergiss es, Merana!, schalt er sich selbst. Völlig unerheblich, ob man zwischen Advent und Kalender ein S stellt oder nicht. Entscheidend ist doch allein die Freude, die man dabei empfindet. Entscheidend ist die Begeisterung an den adventlichen Bräuchen. Und an vorweihnachtlicher Hochstimmung zeigte die Dame wahrlich genug.

»Es ist so schön, Martin, berührend und stimmungsvoll. Und diese wunderbare Musik. Ich bin sehr glücklich, hier zu sein.« Die Stimme der kleinen Frau, die neben dem Kommissar stand, war leise, kaum auszumachen. Sie berührte dennoch tief sein Herz. Und er empfand es jedes Mal, wenn er die Großmutter neben sich spürte. Er liebte die kleine, zarte Frau über alles. Er legte ihr den Arm um die Schulter, drückte sie sacht an sich. »Ich freue mich sehr, mit dir hier zu sein, Oma. Ich bin glücklich, dass sich dieser Besuch doch noch ausgegangen ist.« Er war in den vergangenen Jahren mit der Großmutter stets in der Vorweihnachtszeit hierhergekommen. Heuer hatten ihn allerdings seine dienstlichen Verpflichtungen völlig eingedeckt. Erst heute, am vierten Adventsonntag, war es ihm endlich möglich gewesen, seinen ursprünglichen Heimatort im fernen Pinzgau aufzusuchen, um die Großmutter nach Salzburg zu bringen. Auch Kristina Merana ließ sich gerne vom einzigartigen Ambiente in Hellbrunn bezaubern.

»Oh, Martin, schau, jetzt kommt ein Chor!« Merana folgte dem Blick der Großmutter. Die Bläser hatten ihr Spiel vor der Schlossfassade beendet und machten Platz für eine große Schar jugendlicher Sänger und Sängerinnen.

»Ja, Oma. Soviel ich weiß, singt gleich der Chor des Musischen Gymnasiums.«

Unwillkürlich suchten Meranas Augen in der ringsum gedrängten Besuchermenge die Dame mit dem olivgrünen Schal. Hielt die Begeisterung der Frau aus Norddeutschland an? Er entdeckte sie dicht an einem der schneebedeckten Christbäume, die in stattlicher Anzahl den Innenhof und die lang gezogene Schlosszufahrt zierten. Sie ließ sich eben von ihrem Begleiter fotografieren, während sie mit den Fingern über eine der großen roten Kugeln strich. Davon gab es viele. Sie zierten mit ihrer augenfälligen Pracht alle Hellbrunner Weihnachtsbäume und auch viele der malerischen Hütten. Und das schon seit vielen Jahren. Sie waren ein begehrtes Fotomotiv bei den Besuchern des Marktes und – wie Merana auch bekannt war – ein begehrtes Beutegut von diebisch orientierten Zeitgenossen. Noch etwas bemerkte Merana. Ihm fiel eine Gruppe asiatischer Besucher auf. Sie bewunderten ebenfalls die schmuckvollen roten Christbaumkugeln und versuchten, deren prachtvolle Erscheinung mit ihren Videokameras festzuhalten. Noch etwas fiel ihm auf. Er kannte den stattlichen Mann mit Trachtenhut und dunklem Mantel, der zusammen mit anderen dicht gedrängt in der Nähe der Glühweinhütte stand. Das war Wolfram Kegler, der oberste Tourismuschef der Stadt. Auch dessen Aufmerksamkeit galt der Gruppe der filmenden Asiaten. Die machten ein paar Aufnahmen von den prunkvoll dekorierten Bäumen. Dann wandten alle ihren Blick nach vorne zur Fassade des Schlosses. Der Chordirigent hob die Hände, gab den Einsatz. Gleich darauf wurde das festliche Ambiente erfüllt vom berührenden Klang jugendlicher Stimmen. Die junge Sängerschar begann leise, wählte anfangs einen geheimnisverkündenden Tonfall. Aber mit jedem Wort, mit jedem Bild, das sie schufen, brachten die jungen Leute schon im Laufe der ersten Strophe den Klang ihres Vortrags zur vollen, wohltönenden, alles beglückenden Entfaltung.

*Süßer die Glocken nie klingen*
*als zu der Weihnachtszeit,*
*grad als ob Engelein singen,*
*wieder von Frieden und Freud.*

Die Großmutter lehnte ihren Kopf an Meranas Seite. Er sah, wie sich die Lippen der weißhaarigen Frau langsam bewegten. Kein Zweifel, die Großmutter sang mit. Sie kannte eine Menge an Weihnachtsliedern, aus unterschiedlichen Gegenden und vielen Epochen. Das wusste er. Und er, Kommissar Martin Merana, oberster polizeilicher Ermittler, unermüdlicher Verbrechensaufklärer und Mörderjäger, ertappte sich dabei, wie auch seine Lippen anfingen, sich mitzubewegen. Ich bin garantiert nicht als ständig einsatzbereiter Kripochef hier, versuchte er sich selbst zu beruhigen. Offenbar will das Kind in mir sich von diesem weihnachtlichen Zauber ringsum berühren lassen. Wunderbar, es möge geschehen. Auch ihm waren viele Weihnachtslieder vertraut. Die Großmutter hatte sie ihm beigebracht, in seiner Kindheit. Wie oft hatte er mit der Oma vor dem geschmückten Christbaum in der kleinen Stube gestanden und mit ihr gesungen. Er war bei der Großmutter aufgewachsen. Nach dem Tod seiner Mutter hatte die Oma ganz alleine für ihn gesorgt.

*Klinget mit lieblichem Schalle*
*über die Meere noch weit,*
*dass sich erfreuen doch alle*
*seliger Weihnachtszeit.*

Die Besucher im Hof verabschiedeten die jungen Sängerinnen und Sänger nach gut 20 Minuten mit begeistertem Applaus. Dann bemerkte Merana, dass sich in die Stimmung ringsum ein sanft anschwellendes Aufgeregtsein schlich. Ja, es war gleich so weit, jetzt würden sie zu erleben sein. Auch Merana verspürte ein leichtes Kribbeln.

»Kommen sie tatsächlich, Martin?«

»Ja, Oma, zumindest verspricht es das Programmheft.«

Ein fernes Geräusch war zu vernehmen, ein sonderbarer Klang, dunkel, mit fast archaischer Anmutung. Was da heranzog, war das Hallen tiefer Glocken. Der düstere Schall schwoll immer mehr an, wurde lauter, kam näher. Die Asiaten, die sich nahe an den Christbäumen positioniert hielten, rissen aufgeregt die Filmkameras in die Höhe. Die Dame mit dem olivgrünen Schal quietschte, klatschte vergnügt in die Hände. Auch das bekam Merana mit. Und dann war er zu sehen, der erste lichtumflutete Träger, geschmückt mit einer riesigen, strahlenden Kappe. Er tauchte aus dem Areal der Wasserspiele auf, betrat im Laufschritt den schmalen Steg, den man extra für diese Darbietung angelegt hatte. Dicht dahinter folgten die anderen.

»Meine sehr geehrten Damen und Herren! Dies ist ein einmaliges Gastspiel, hier und heute nur für Sie zu erleben, eine Ausnahme für die Besucher unseres Adventzaubers!«

Die Stimme des Mannes, der voll Begeisterung auf der Balustrade der Freitreppe laut in ein Mikrofon sprach, klang aufgeregt. »Wir heißen Sie herzlich willkommen, die Abordnung der berühmten Glöckler aus dem Salzkammergut!«

Der Jubel der Besucher, der aufbrandende Applaus übertönten sogar das Getöse der großen Glocken. Merana war vertraut, dass in einigen Orten des Salzkammergutes, aber auch in angrenzenden Gebieten viele Gruppen existierten, die mit ihren prunkvollen, weithin leuchtenden Glöcklerkappen diesen alten Brauch mit viel Leben erfüllten. Die Glöckler präsentierten sich immer am Tag der letzten Raunacht, also am 5. Jänner. Dass die Lichterträger aus dem Salzkammergut schon heute, vier Tage vor dem Heiligen Abend und somit weit vor der traditionell angesetzten Zeit, eine kleine Abordnung zum Hellbrunner Adventzauber schickten, war garantiert eine absolute Ausnahme. Merana zählte insgesamt zwölf Läufer. Er sah die Männer in weißem Outfit, das ihn an die Kleidung von Bergknappen erinnerte. Sie waren versehen mit großen Gurten, an denen die urtümlichen Schellen hingen. Das Auffälligste an den Läufern waren natürlich die riesigen, nahezu überdimensionalen Kappen. Getragen wurden sie auf den Schultern. Die Köpfe der Männer waren für die Besucher nicht sichtbar, sie steckten in den bunten, lichterfüllten riesigen Kappenkonstruktionen. Jedes Gebilde war prachtvoll ausgeführt, reich verziert, mit allerlei Motiven versehen, Sterne, Sonnen, biblische Szenen, Blumen, arabeske Muster und vieles mehr. Manche der Kappen waren kreisförmig geformt, wiesen große Zacken auf. Andere erinnerten Merana eher an große Boote in fantastischer Aufmachung. An allen Kappen war zusätzlich eine Fülle herabhängender weißer Papierstreifen auszumachen. Man nannte sie im Dialekt »Franserl«, wenn Merana sich richtig erinnerte. Und in allen Kappen waren außerdem Gestelle angebracht, in denen brennende Kerzen steckten. Dadurch umgab die prächtigen Gebilde ein wunderbarer Glanz, der von innen nach außen die Muster, Symbole, Bilder und Figuren zum Leuchten brachte. Dieses besondere Strahlen war in der Nacht aus weiter Entfernung zu erkennen. Die Besucher des Hellbrunner Adventzaubers waren begeistert. Die zwölf Glöckler, die sich in einer Reihe vor der Schlossfassade in ihrer prachtvollen Ausstattung präsentierten, ergaben ein beeindruckendes Bild. Die leidenschaftlich klatschenden Zuschauer verdeutlichten zudem durch ihre jubelnden Zurufe, dass sie sich gerne lange an diesem prächtigen Anblick erfreuen wollten. Und vielleicht hätte das Spektakel noch einige Zeit gedauert. Doch da passierte es. Ganz plötzlich war dieser Schrei zu hören. Und der änderte alles. Er gellte laut und schrill über die Köpfe der im Innenhof Versammelten hinweg. Hier schrie offenbar jemand aus tiefster Furcht, aus riesiger Angst. Merana riss den Kopf herum, starrte nach hinten. Dem erfahrenen Kriminalisten war sofort bewusst, dass etwas Schreckliches passiert war.

»Lauf hin, Martin.« Die Großmutter löste sich rasch von ihm, gab seinen Arm frei. »Ich komme alleine zurecht! Mach schnell!«

Er startete los, drängte sich durch die dicht gestaffelte Besuchermenge, hielt direkt auf das schrille Geschrei zu. Das Brüllen kam aus dem hinteren Bereich des Innenhofes, von dort, wo sich das Tor befand, durch das man in den Park mit dem großen Wasserparterre gelangte. Die meisten im dichten Besucherknäuel folgten augenblicklich Meranas gerufener Aufforderung. »Zur Seite bitte, Polizei! Attention please, police!«

Nur wenige Sekunden später hatte er die Stelle erreicht, ortete augenblicklich die Quelle des Geschreis. Es war eine junge Frau im Kellnerinnendress. Sie befand sich vor der offenen Tür der Orangerie. Sie wimmerte verständnisloses Zeug, fuchtelte mit einem der Arme hinter sich in Richtung Tür. Zwei Frauen, offenbar aus einer der Verkaufshütten, versuchten sie zu beruhigen. Da näherten sich im Laufschritt zwei Männer in Security-Montur.

»Kümmern Sie sich bitte um die Frau«, rief ihnen Merana zu. »Ich bin von der Polizei.«

Sofort schnellte einem der Männer die rechte Hand an die Stirn, als salutierte er.

»Wird gemacht, Herr Kommissar.« Dieser Security-Mitarbeiter kannte ihn. Mit drei schnellen Schritten war Merana an der Gebäudemauer und hastete durch die offen stehende Tür. Das Bild, das sich ihm im Inneren bot, ließ ihn augenblicklich stoppen. Ihm bot sich ein zugleich prächtiger wie grauenvoller Anblick. Einerseits großartig, weil durch die hohen Fenster der Orangerie ein Teil des nächtlich erhellten, weihnachtlich geschmückten Parks auszumachen war, zugleich makaber, weil in der Mitte des Raumes ein gekrümmter Körper lag. Es war ein Mann, mit Blut überströmt. In seinem Hals steckte etwas Dunkles, Längliches. Merana trat rasch näher, ging in die Hocke, überprüfte Pulsschlag und Pupillen. Es bestand kein Zweifel. Hier lag eine Leiche. Langsam richtete sich der Kommissar auf. Wieder fiel sein Blick unwillkürlich nach draußen. Aus der Ferne, etwas oberhalb des Parks, war das malerisch anmutende Gebäude zu erkennen. Seit Jahrhunderten begrüßte es von dort die Besucher der wunderbaren Anlage. Mit seinen beiden Türmchen wirkte das sogenannte Monatsschlössel wie ein malerisches Schaustück, das wunderbar zur märchenhaften Aura des gesamten Areals passte. Keine Märchen mehr! Den Kommissar hatte die Realität eingeholt. Brutaler und schneller, als er gedacht hätte. Vor zwei Stunden war er zusammen mit der Großmutter hier angekommen. Doch die weihnachtliche Zauberstimmung war mit einem Mal zerstoben. Nun hatte er als Polizist zu funktionieren. Professionell und präzise. Schnell wandte er sich um und verließ das Gebäude.

Draußen bot sich ihm ein seltsamer Anblick. An den beiden nächstgelegenen Hütten hingen Teddybären,

Kasperlfiguren, golden glänzende Christbaumkugeln, Engel mit Silberflügeln, wie es sich für das Angebot einer weihnachtlichen Verkaufshütte gehört. Daneben stand, dicht aneinandergedrängt ein Knäuel Besucher. Mitten unter ihnen waren zwei aus der Glöcklergruppe zu erkennen. Sie hatten die riesigen, immer noch hell strahlenden Kappen abgenommen. Und nicht einmal zwei Meter vor Merana hatte sich die Gruppe an Asiaten in Stellung gebracht, die er zuvor beim Filmen des roten Weihnachtsbaumschmuckes beobachtet hatte. Sie redeten wild durcheinander, deuteten auf ihn und zugleich auf den Eingang zur Orangerie.

»Was ist mit meinem Bruder?« Der junge Mann, der plötzlich aus der Gruppe auf ihn zustürmte, war offensichtlich kein Chinese. »Ist mein Bruder da drinnen? Ist ihm etwas zugestoßen?«

Merana hinderte den Mann daran, in die Orangerie zu stürmen. Er versuchte, ihn zu beruhigen. Gleichzeitig fiel der Blick des Kommissars auf das eigentümliche Ambiente, das ihn umgab. Da standen lichterbekränzte Glöckler aus dem Salzkammergut direkt neben händeringenden Gästen aus Fernost. Weihnachtlich gestimmte Besucher hatten sich an Chormusik erfreut, an Silberengeln in festlich geschmückten Weihnachtshütten, an wunderbar ergreifender Bläsermusik. Was bis vor wenigen Minuten zur märchenhaften Stimmung beigetragen hatte, war vorüber. Endgültig. Denn das gesamte Areal des Schlosses Hellbrunn mit all seinem Adventzauber war vorwiegend eines geworden: Schauplatz eines schauerlichen Verbrechens. Hier war ein Tatort, für dessen gründliche Erschließung er augenblicklich zu sorgen hatte.

Kommissar Merana unternahm, was möglich war. Er sah sich einer unfassbar riesigen Menschenmenge gegenüber, allein Hunderten von Weihnachtsmarktmitarbeitern, ganz zu schweigen von den Tausenden Besuchern. Jeder einzelne von ihnen konnte ein potenzieller Zeuge sein. In den ersten Minuten versuchte das knappe Dutzend an Security-Mitarbeitern unermüdlich, das Chaos einigermaßen zu ordnen. Sie wurden dabei unterstützt vom Mann mit dem Mikrofon, der von der Schlosstreppe aus Anweisungen über die Lautsprecheranlage weitergab. Sieben Minuten nach Meranas Anruf trafen bereits die ersten Streifenwagen ein. Bald darauf folgten die Techniker der Spurensuche. Zum Glück lag die Bundespolizeidirektion nur wenige Kilometer von Hellbrunn entfernt. Wer immer dort Journaldienst hatte, wer immer aus welchem fachlichen Bereich Bereitschaftsdienst versah, wer immer von den Mitarbeitern am Telefon erreicht werden konnte, hatte sich augenblicklich an den Hellbrunner Tatort zu begeben, aus der Zentrale genauso wie aus allen verfügbaren Polizeiinspektionen. Die Anweisungen des Kommissars waren unmissverständlich und wurden rasch weitergegeben. Dass hinter dem zehnten Streifenwagen bereits die ersten Satellitenwagen eines TV-

Senders, gefolgt von weiteren Journalistenautos, eintrudelten, ließ sich in der Eile nicht verhindern. Das rasant anwachsende Aufgebot an Presseleuten, die sich ungestüm unter die Anwesenden mengten, Kameras, Fotoapparate und Mikrofone zückten, trug wahrlich nicht dazu bei, das Tohuwabohu zu beschwichtigen. Im Gegenteil, das Chaos drohte überhandzunehmen. Es bedurfte eines gänzlich strikten Vorgehens aller verfügbaren Polizeikräfte mit klaren Anweisungen, verbunden mit deutlichen Strafandrohungen, um das heillose Wirrwarr in wenigstens halbwegs überschaubare Bahnen zu lenken. Es dauerte über zwei Stunden, bis Merana einigermaßen den Eindruck gewann, das alarmierte Aufgebot seiner Kollegen bekäme das Durcheinander langsam in den Griff. Der Kommissar konnte sich also seiner eigentlichen Aufgabe als Ermittler zuwenden. Er musste sich rasch jenen Menschen widmen, die zumindest aus jetziger Sicht in engerer Verbindung zum Toten standen. Dazu gehörte zweifellos der junge Mann, den er daran gehindert hatte, in den Tatort der Orangerie zu stürmen. Zu den Menschen mit Verbindung zum Toten gehörte zu Meranas Verwunderung auch die Gruppe der Asiaten. Die wichtigsten Details hatte Merana vom jungen Mann an Ort und Stelle erfahren. Größere Klarheit hoffte er aus der anstehenden Befragung zu gewinnen. Der Wirt hatte ihm dazu zwei seiner Extrazimmer des Schlossrestaurants zur Verfügung gestellt. Der Kommissar gab über Funk ein paar Anweisungen an die verteilten Einsatzkräfte, dann betrat er die Gaststätte. Gleich darauf sah sich Merana dem jungen Mann gegenüber. Die anderen aus der Gruppe waren im zweiten Raum versammelt. Restaurantchef Mario Samalla, zugleich der Mann mit dem Mikrofon, wie Merana feststellte, hatte dafür gesorgt, dass man den zu befragenden Zeugen je nach Wunsch mit Essen und Trinken aufwartete, um die lange Wartezeit erträglicher zu gestalten. Der junge Mann hieß Jakob Polz. Das hatte Merana bei der Begegnung vor der Orangerie erfahren. Er war 28 Jahre alt, stammte aus der Stadt Salzburg. Wie sich herausstellte, handelte es sich bei dem Toten tatsächlich um Jakobs älteren Bruder Sylvester. Beiden gehörte die Agentur »Global Glory«, ein Unternehmen, das touristische Dienstleistungen anbot.

»Und das ist der Grund, warum Sie und Ihr Bruder heute mit Ihren chinesischen Gästen den Hellbrunner Adventmarkt aufsuchten?«

Der junge Mann hatte auf einem Stuhl hinter dem Tisch Platz genommen. Er nickte, versuchte zu antworten, brachte aber nur ein heiseres Krächzen heraus. Offensichtlich kämpfte er mit den Tränen. Merana ließ dem jungen Mann Zeit. Immerhin hatte er erst vor wenigen Stunden seinen Bruder auf grausame Weise verloren. Der Kommissar stellte seine Fragen vorsichtig, vermied jede drängend wirkende Haltung. Er warf nur hin und wieder einen prüfenden Blick auf die Skala

an seinem Smartphone, mit dem er die Befragung auf-
zeichnete. Und nach und nach, mit viel Geduld und
gelegentlichem behutsamem Nachfragen, wurde für
Merana das Bild etwas klarer. Die asiatische Gruppe war
vor vier Tagen in München eingetroffen. Der Kontakt
zwischen den Polz-Brüdern und den Chinesen bestand
seit einem halben Jahr. »Global Glory« hatte den chinesischen Verantwortlichen ein ganz bestimmtes Projekt vorgeschlagen und dadurch sofort deren Interesse
geweckt. Man bot ihnen an, Eindrücke vom unver-
gleichlichen Weihnachtsmarkt im weltweit bekann-
ten Schloss Hellbrunn zu sammeln. Daraus ließe sich
gewiss eine Initiative entwickeln, den Weihnachtsmarkt
samt Schloss und Umgebung in China nachzubauen.

»Und Sylvester hat sich sehr um das Wohl unserer
chinesischen Partner bemüht. Alle am Projekt Inter-
essierten haben sich bisher mit großem Engagement
eingebracht. Restaurantchef Mario Samalla hat extra
für uns gleich zu Beginn einen speziellen Empfang in
der Orangerie mit ausgewählten Weihnachtslecker-
bissen vorbereitet. Und dann … dann …« Wieder
brach seine Stimme, die Schultern begannen haltlos
zu zucken, wie schon einige Mal davor im Laufe des
Gesprächs. Merana wartete geduldig, bis sein Gegenüber sich gefasster zeigte.

»Wenn ich das richtig verstanden habe, dann waren
Sie und Ihr Bruder anfangs mit Ihren chinesischen
Gästen in der Orangerie. Wie lange blieben Sie dort?«

Noch immer schniefte Jakob Polz leise. Dann räusperte er sich, versuchte, seiner Stimme Klarheit zu verleihen, was einigermaßen gelang.

»Kurz bevor die Bläser auf der Schlosstreppe mit ihrem Vortrag begannen, verließen wir die Orangerie.«

»Und alle gingen mit hinaus?«

»Leider nicht.« Erneut kämpfte er mit der Fassung, schaffte es aber weiterzusprechen.

»Sylvester blieb zurück. Es war auch eher meine Aufgabe, unsere Partner herumzuführen. Das war von vornherein so ausgemacht. Mein Bruder wollte bald dazustoßen. Spätestens beim Erscheinen der Glöckler aus dem Salzkammergut. Ihm war sehr daran gelegen, zu beobachten, wie unsere chinesischen Freunde auf diesen Auftritt reagierten.«

Merana gab dem Befragten Zeit. Sorgsam wählte er die nächsten Worte.

»Hat es Sie nicht irritiert, dass Ihr Bruder beim Auftritt der Glöckler nicht zu Ihrer Gruppe stieß?«

Dieses Mal kam das Kopfschütteln des jungen Mannes schneller als bei den zögerlichen Versuchen davor.

»Nein. Ich nahm an, dass Sylvester unsere asiatischen Partner wohl aus größerer Entfernung beobachtete. Ich habe mich zwar beim Auftritt der Glöckler mehrmals unter den Besuchern umgesehen, aber es waren zu viele Leute, und alle standen sehr dicht.«

Wieder ließ sich Merana Zeit, überlegte die Formulierung für seine nächste Frage. »Was machte Ihr Bruder für einen Eindruck, als Sie mit den chinesischen Gästen die Orangerie verließen?«

Statt einer Antwort folgte erneut ein heftiges Schulterzucken. Der junge Mann riss die Hände hoch, verbarg das Gesicht darin. Nach einer Weile löste er aber die Hände, sah den Kommissar direkt an.

»Einen wunderbaren«, flüsterte er. »Sylvester wirkte so glücklich. Und er lächelte. Ganz so, als würde er sich die fröhliche Miene abschauen, sich ein Beispiel nehmen an den kleinen Figuren im Prunkgewand auf dem Tablett am Nebentisch. Er winkte mir zum Abschied zu, hob sogar den Daumen in die Höhe. Alles schien bestens, und dann …«

Jakob Polz verbarg schnell das Gesicht in den Händen. Merana vernahm tiefes Schluchzen. Wieder wartete er lange mit der nächsten Frage.

»Herr Polz, haben Sie irgendeine Erklärung, was zu dieser furchtbaren Bluttat geführt haben könnte? Hatte Ihr Bruder Feinde?«

Es dauerte eine Weile, bis der Angesprochene sich aufrichtete, die Hände vom Gesicht löste.

»Nein, ich glaube nicht. Zumindest nicht direkt. Es gibt ein paar Neider, die einem Übles wollen.«

»Denken Sie dabei an jemand Bestimmten?«

Der junge Mann zögerte.

»Ich wäre Ihnen sehr verbunden, wenn Sie sich nicht damit befassen, was Ihre Antwort eventuell auslösen könnte.« Merana bemühte sich, seiner Stimme einen beruhigenden und zugleich ermunternden Ausdruck zu verleihen. »Überlassen Sie die Bewertung möglicher Konsequenzen mir. Sprechen Sie unvoreingenommen aus, was Sie gerade denken.«

»Na ja, unsere Agentur war in letzter Zeit unzweifelhaft viel unterwegs. So ein Erfolg kommt natürlich nicht bei allen gut an. Ich denke da an Kilian Hartgold. Er leitet ein Unternehmen, das bestimmte touristische Packages anbietet, die Agentur ›Silberschein‹. Herr Hartgold ist uns alles andere als wohlgesonnen. Das werden Ihnen sicher einige aus der Branche bezeugen.«

»War Herr Hartgold heute hier bei der Veranstaltung?«

»Das weiß ich nicht. Es waren so viele Menschen hier. Aber das können Sie gewiss herausfinden.« Die verzweifelte Miene des jungen Mannes machte Platz für ein Lächeln. Ein Zeichen der Zuversicht, dachte Merana. Irgendwie erinnerte ihn das Lächeln an das Mienenspiel einer bestimmten Comicfigur. Er kam nicht darauf, um welche es sich handeln könnte. Eines war gewiss. Er würde zweifellos überprüfen, ob dieser Kilian Hartgold am heutigen Abend beim Hellbrunner Adventzauber anwesend war. Er hatte zumindest einen Namen. Die Spur erschien ihm sehr dürftig, aber irgendwo musste er anfangen. Er bedankte sich bei dem jungen Mann und wechselte hinüber in den nächsten Raum.

Nun waren die Mitglieder der chinesischen Gruppe an der Reihe. Die Personalien hatte längst einer seiner Beamten aufgenommen. Eine junge Dame aus der Gruppe war ihm mit den Übersetzungen behilflich. Sie hieß Chen Lu. Das bedeutet Morgentau, wie er erfuhr. Sie war sehr attraktiv. Im Grunde bestätigten alle, was Merana aus dem Gespräch mit Jakob Polz erfahren hatte. Ihn interessierte noch, ob immer alle beisammen waren oder ob der eine oder andere sich aus der Gruppe gelöst hatte. Dazu bekam er keine befriedigende Antwort. Die Besuchermenge sei zu dicht gewesen. Das Gedränge war zu groß. Besonders beim fulminanten Erscheinen der Glöckler zeigten sich alle sehr aufgebracht.

»Die Leute waren total enthusiasmiert!«, zirpte der Morgentau aufgeregt.

Sie waren völlig aus dem Häuschen, interpretierte Merana den Ausdruck »enthusiasmiert«. Niemand aus der Gruppe konnte oder wollte bestätigen, dass tatsächlich immer alle beisammen waren. Das heißt im Klartext, resümierte der Kommissar für sich, wenn der eine oder andere sich im Gedränge verdrückt hatte und später dazustieß, wäre es keinem aufgefallen.

Plötzlich musste er an die Großmutter denken. Einer der äußerst hilfsbereiten Security-Männer hatte dafür gesorgt, dass die alte Dame schnell zu einem Taxi kam. Das brachte sie zu Meranas Wohnung. Hoffentlich hat sie sich nicht zu sehr aufgeregt und schläft längst, wünschte er sich insgeheim. Er bedankte sich bei der chinesischen Gruppe für deren Aussagen und verließ das Zimmer.

Amelie Trautner war der Name der jungen Frau, die den hysterischen Anfall erlitten hatte, nachdem sie den Toten in der Orangerie fand. Sie war eine der Bediensteten des Schlossrestaurants. Zum Glück gehörte zu den Sicherheitsvorkehrungen am Hellbrunner Weihnachtsmarkt, dass sich stets ein Rot-Kreuz-Wagen im weitläufigen Gelände in Bereitschaft befand. Die professionellen Helfer waren in kürzester Zeit zur Stelle gewesen, um sich der völlig entnervten jungen Frau anzunehmen. Merana war froh, dass Amelie Trautner inzwischen in weitaus besserer Verfassung war, wie man ihm bestätigte.

»Sie können jederzeit mit ihr reden, Herr Kommissar. Wir mussten die junge Dame nicht einmal ins Krankenhaus bringen. Wir konnten sie schnell beruhigen. Sie wartet in ihrem Zimmer auf Sie.« Der Notarzt aus dem Krisenteam wies ihm den Weg. Amelie Trautner machte tatsächlich einen weitaus besseren Eindruck, als er erwartet hatte. Sie war 22 Jahre alt und seit drei Jahren im Schlossrestaurant als Servierkraft tätig.

»Ich hatte die Gruppe kennengelernt, als sie in der Orangerie eintraf. Wir haben oft Gäste, die in der Orangerie speziell empfangen werden. Nicht wenige davon kommen aus dem Ausland, manche von sehr weit her. Und für spezielle Gäste lässt sich unser Chef eine besondere Überraschung einfallen. Das war auch heute so. Es war geplant, dass die Gruppe nach der Darbietung der Glöckler in der Orangerie zur Verabschiedung zusammenkommt. Dabei wollte unser Chef jeden aus der Gruppe mit einer kleinen Markus-Sittikus-Figur beschenken, als ganz besondere Erinnerung an Hellbrunn. Mich beauftragte er, das Tablett mit den Figuren in die Orangerie zu bringen.«

»Wann war das?«

»Die genaue Uhrzeit weiß ich nicht mehr, aber der Jugendchor hatte gerade mit dem ersten Lied begonnen.«

»Süßer die Glocken nie klingen als zu der Weihnachtszeit« – Merana konnte sich gut an das erste Lied erinnern. Und auch an das Mitsingen der Großmutter. Wieder musste er an die kleine Frau denken. Hoffentlich hat sie die Aufregung einigermaßen verkraftet und schläft schon.

»Haben Sie jemanden in der Orangerie gesehen?«

Sie begann leicht zu zittern, kämpfte ein wenig mit der Fassung. Aber sie fing sich schnell.

»Ja, ich war sehr erstaunt, als ich Herrn Sylvester Polz dort traf. Ich dachte, alle seien nach draußen gegangen, um sich die Darbietungen anzusehen.«

»Hat er etwas gesagt?«

Wieder zitterte sie leicht.

»Nicht viel. Er meinte nur, ich könne das Tablett gerne auf einen der Tische platzieren.«

»Was machte er auf Sie für einen Eindruck?«

»Einen fröhlichen, er wirkte ein wenig aufgekratzt. Er hielt ein Glas Champagner in der Hand und trank davon. Er hat sogar mir ein Glas angeboten, was ich natürlich nicht annahm. Das steht uns Bediensteten nicht zu.«

»Sagte er sonst noch etwas? Gab er eine Erklärung dafür ab, warum er nicht mit den anderen nach draußen gegangen war?«

Sie schüttelte langsam den Kopf. »Nein, ich bin auch nicht lange geblieben, habe nur das Tablett mit den Figuren abgestellt und bin gegangen.«

»Ist Ihnen sonst irgendetwas Ungewöhnliches aufgefallen?«

Sie legte ein wenig den Kopf zur Seite, dachte nach.

»Nein, ich bin schnell nach draußen und zurück ins Restaurant. Alles war wie immer. Bis ich dann …« Ihre Stimme versagte kurz, sie presste die Lippen aufeinander.

»Wir können das Gespräch gerne ein andermal fortsetzen, Frau Trautner.«

Ihr Kopfschütteln kam schnell. »Nein, ich will es hinter mich bringen.« Sie fuhr sich mit den Händen in einer hastigen Bewegung durch das Haar.

»Ich wollte mich rechtzeitig in die Orangerie hinüberbegeben. Falls jemand aus der Gruppe vor dem Ende der Glöcklerdarbietung zurückkäme, dann wäre ich zur Stelle für den Service. Aber dann, als ich den

Raum betrat, da sah ich … da sah ich …Es war so furchtbar!«

Sie hielt sich tapfer, aber er wollte sie nicht länger quälen.

»Falls Sie sich morgen dazu in der Lage fühlen, wird jemand aus meinem Team Ihre Aussage schriftlich aufnehmen.« Er reichte ihr die Hand. »Jetzt lasse ich Sie in Ruhe. Ich wünsche Ihnen alles Gute und dass Sie das schreckliche Erlebnis bald vergessen können.«

Ihre Finger fühlten sich feucht an, ein wenig kalt. Aber ihr Händedruck war fest.

Er verließ das Zimmer, begab sich zurück ins Restaurant. Er suchte den Wirt auf. Mario Samalla bestätigte im Großen und Ganzen die Aussagen seiner Mitarbeiterin, auch die Angaben rund um die chinesische Gruppe.

»Natürlich habe ich mich gefreut, als Sylvester Polz mich vor Wochen kontaktierte. Ich finde die Idee großartig, eine Gruppe von chinesischen Unternehmern für unseren Hellbrunner Adventzauber zu begeistern.« Er hielt kurz inne, atmete tief durch. »Haben Sie schon eine Spur, Herr Kommissar? Gibt es eine Erklärung für diese brutale Tat?«

Nein, die gab es nicht. Aber sie standen auch erst am Beginn ihrer Ermittlungen. Er befragte den Gastwirt, ob er aus seiner Sicht eine Erklärung für die Bluttat habe. Dazu konnte ihm der Wirt nichts sagen. Also beendete der Kommissar das Gespräch und verließ das Restaurant. Draußen fiel sein Blick auf die Schlossfassade. Noch immer wurde sie hell bestrahlt, hob sich im weihnachtlichen Licht von der Umgebung ab. Vor 400 Jahren hatte der Salzburger Fürsterzbischof Markus Sittikus die Idee, sich in der Nähe der Stadt einen lustvollen Ort erbauen zu lassen, mit einem wunderbaren Schloss, mit prachtvollen Gärten und anmutigen Wasserspielen. Ihm war es zu verdanken, dass sich auch nach vier Jahrhunderten Menschen an der zauberhaften Anlage ergötzen konnten.

Es war für den Gastwirt gewiss eine ausgesprochen zuvorkommende Geste, die Gästegruppe mit einer Erinnerung an den Bauherrn zu beschenken, mit einer liebevoll gestalteten Figur des Markus Sittikus. Dazu war es nicht mehr gekommen. »Die Idee hatte natürlich ich alleine, Herr Kommissar. Das geschah ohne Absprache mit der Agentur ›Global Glory‹.«

Der Stolz im Gesicht des Gastwirtes war deutlich zu erkennen gewesen, wirkte fast fürsterzbischöflich. »Auch die Polz-Brüder sollten ja überrascht werden.« Leider war die Überraschung von ganz anderer Art gewesen. Brutal, blutüberströmt, grauenhaft. Von völlig anderem Charakter als der Zauber, den das Ambiente ausstrahlte. Auch jetzt noch, stellte Merana fest, während sein Blick langsam über den Lichterglanz der weihnachtlichen Hütten glitt.

Stunden später, es war bereits drei Uhr morgens, bot sich dem Kommissar ein anderes Bild. Die riesige Anlage war weitgehend geleert. Besucher und Marktleute waren entlassen. Man hatte die Beleuchtung im Schlossareal und in der Umgebung abgedreht. Eine Streifenwagenbesatzung war geblieben, um den Tatort abzusichern. Auch Merana war endlich bereit, die Heimfahrt anzutreten. Er war müde. In seinem Kopf wüteten die Eindrücke der letzten Stunden. Bilder aus der Umgebung des Schlosses, Details vom Tatort in der Orangerie, dazu ständig wechselnde Atmosphären, eine Flut an Gesichtern und Aussagen. Es war gut, den Ort zu verlassen. Vielleicht konnte er zwei oder drei Stunden schlafen, die Bilderflut im Kopf beruhigen. Doch etwas zog ihn an. Er merkte, dass er sich treiben ließ. Seine Schritte führten ihn nicht zum Parkplatz, sondern zum nahe gelegenen Schlosspark. Er hielt kurz inne, sein Blick glitt langsam nach oben. Der Hellbrunner Berg lag im Dunkeln. Aber der Nachthimmel darüber war klar. Das Licht der Sterne reichte völlig aus, um das Monatsschlössel auf der Anhöhe über dem Park gut auszumachen. Und noch eine auffällige Erscheinung zog Meranas Blick an. Seine Füße setzten sich in Bewegung. Er blieb direkt an der Umrandung des Teiches stehen. Ihm gegenüber, in der Mitte des Wasserparterres, waren die Konturen einer markanten Gestalt auszumachen. *Der wahrscheinlich größte Weihnachtsengel Mitteleuropas* … Die Beschreibung fiel ihm ein, er hatte sie erst kürzlich irgendwo gelesen. Bei eingeschalteter Beleuchtung gehörte die rund acht Meter hohe Skulptur, das Werk eines Salzburger Künstlers, zweifellos zu den besonderen Blickfängen des Adventzaubers. Dazu verhalfen verborgene Wasserdampfdüsen, die für mystische Nebelstimmung sorgten, und ein raffiniertes Ensemble aus Lichterstrahlen. Doch auch in der Dunkelheit war Merana von der Erscheinung der großen Gestalt beeindruckt. Vielleicht mehr noch als bei Scheinwerferlicht. Ein stiller Bote mit majestätisch erhabenen Flügeln stand vor ihm. Ein Wächter in der Dunkelheit, dessen achtsamer Blick über der gesamten Anlage ruhte.

Merana atmete tief durch. Der Anblick der geheimnisvollen Erscheinung tat ihm gut. Er spürte, wie das Bilderkarussell in seinem Kopf allmählich langsamer wurde, wie die quälende Hektik in seinem Innern sich verlor. Er schaute lange auf die Gestalt des Engels. Dann drehte er langsam den Kopf, blickte zurück zur Orangerie und zum dahinterliegenden Schlosshof. Vielleicht war es gut, in der Nähe des Tatortes einen aufmerksamen Boten zu wissen, der mit all seinen Sinnen die gesamte Anlage umfasste. Was denke ich da? Unwillkürlich musste er heftig den Kopf schütteln. Was sollte das? Warum kam ihm ein derart absurder Einfall? Da stand kein Engel, kein sphärisches Wesen, da thronte eine Skulptur aus Metall. Die eben empfundene Bemerkung würde viel besser zu seiner Großmutter passen.

Er blies heftig die Luft aus. Es wurde höchste Zeit, dass er heimkam. Er hatte einen komplizierten Fall aufzuklären, bei dem es eine aberwitzige gewaltige Anzahl an möglichen Zeugen gab. Tausende! Darunter befand sich eine Handvoll an Chinesen, deren exakte Rolle er nicht präzise einordnen konnte. Dazu hatte sich ihm eine erste Spur aufgetan, die möglicherweise zu einem beruflichen Konkurrenten als potenziellen Täter führte. Er spürte, dass in seinem Inneren das Gedankenkarussell an Fahrt aufnahm. Das konnte er gar nicht gebrauchen. Er war hundemüde. Schnell strebte er dem Ausgang zu. Der Gedankenkreisel wurde langsamer. In seinem Kopf machte sich das Bild des riesigen Weihnachtsengels breit. Die Erscheinung setzte sich fest. Sie verblasste erst, als er die Tür aufschloss und leise darauf achtete, nur ja die Großmutter nicht zu wecken.

Er hatte die Teamsitzung für acht Uhr angesetzt. Viel Schlaf war ihm nicht vergönnt gewesen, es hatte für zwei Stunden gereicht. Er hatte um halb sieben mit der Großmutter gefrühstückt. Sie hatte ihm keine Fragen gestellt, aber versucht, ihn zu beruhigen. Er brauche sich keine Sorgen um seine alte Oma machen, hatte sie betont. Er solle nur gewissenhaft seiner Arbeit nachgehen. Sie würde am Vormittag durch die weihnachtlich geschmückte Stadt spazieren, vielleicht ein Caféhaus aufsuchen, das »Fürst« oder das »Tomaselli«, und später einige Kleinigkeiten erledigen.

Um halb acht traf er im Präsidium ein, bereitete sich auf die Sitzung vor. Als er eine Minute vor acht den Besprechungsraum betrat, waren alle anderen da.

Als Erstes erstellten sie gemeinsam einen Zeitplan rund um den Fall. Kurz vor 18 Uhr war das spätere Opfer Sylvester Polz zusammen mit seinem Bruder und den chinesischen Gästen in Hellbrunn eingetroffen. Sie waren mit zwei Taxi-Kleinbussen angekommen. Der Besitzer des Schlossrestaurants hatte sie begrüßt und gleich nach der Ankunft in die Orangerie geführt, wo schon der Begrüßungstrunk bereitstand. Neben Mario Samalla waren zwei weibliche Angestellte als Servicehilfen anwesend. Eine davon war Amelie Trautner. Der Restaurantchef blieb nur die erste halbe Stunde. Er hatte sich um den Programmablauf und seine Moderationen zu kümmern. Die beiden Servierkräfte verließen die Runde gegen 19 Uhr. Eine Viertelstunde später begab sich die Gruppe nach draußen. Zurück blieb nur eine Person, Sylvester Polz, das spätere Opfer.

Tatortgruppenchef Thomas Brunner bediente den Laptop. Merana kontrollierte aufmerksam die Angaben, die mittels Beamer auf der großen Leinwand an der Front des Raumes erschienen.

19.30 Uhr Auftritt und Vorführung der Bläsergruppe im Schlosshof.

19.43 Uhr Abgang der Bläser, Auftritt des Chores.

19.45 Uhr Choreinsatz, erstes Lied.

Zur gleichen Zeit: Amelie Trautner begibt sich in die Orangerie, um ein Tablett mit Geschenkfiguren zu deponieren. Sie trifft dort Sylvester Polz. Trautner bleibt etwa zwei Minuten.

20.08 Uhr Chor tritt ab.

20.11 Uhr Auftritt der ersten Glöckler.

20.24 Uhr Amelie Trautner findet in der Orangerie den toten Sylvester Polz.

20.27 Uhr Kommissar Merana trifft ein, sichert den Tatort. Bis zum Eintreffen der Tatortgruppe betritt niemand die Orangerie.

»Danke, Thomas.« Der Kommissar erhob sich, trat nach vorne, wies auf den Bildschirm.

»Nehmen wir einmal an, die Aussagen unserer Zeugin stimmen. Nehmen wir an, Sylvester Polz war tatsächlich noch am Leben, als Amelie Trautner mit dem Tablett und den Markus-Sittikus-Figuren in der Orangerie eintraf. Und gehen wir vorerst auch davon aus, dass nicht Frau Trautner selbst für den Tod des Opfers verantwortlich ist …«

»Warum?« Die Frage kam laut, direkt aus der zweiten Reihe, von Samantha Knüll. Die junge Polizistin war erst seit Kurzem im Team. »Haben Sie uns nicht von Anfang an beigebracht, dass wir immer an alle Möglichkeiten denken sollen, dass wir nie eine Spur missachten, und erschiene sie uns auch noch so abwegig.«

»Sehr richtig, Frau Kollegin. Und das werden wir im vorliegenden Fall beibehalten. Selbstverständlich werden wir Lebenslauf und Umfeld unserer Tatortzeugin akribisch durchforsten. Wir werden gezielt nach möglichen Verbindungen und eventuellen Motivansätzen zwischen Amelie Trautner und unserem Opfer forschen. Wir lassen keine Möglichkeit aus. Unsere derzeitige Aufstellung der vermutlichen Abläufe ist nur eine vorläufige. Und aus dieser vorläufigen Sicht können wir folglich eingrenzen, dass der Mord im Zeitraum zwischen kurz vor acht und kurz vor halb neun passierte.«

»Vielleicht können wir den Tatzeitraum enger fassen.« Der Kollege in der ersten Reihe hob kurz die Hand. Das war Konrad Thalmann vom Ermittlungsbereich »Betrug«. Er hatte gestern Bereitschaftsdienst und war aufgrund von Meranas Anruf den Mordermittlern zugeteilt und nach Hellbrunn beordert worden.

»Ich könnte mir gut vorstellen, dass der Mörder den Auftritt der Glöckler ausnutzte. Mir haben gestern die Standler versichert, dass sich bei Eintreffen der Glöckler alle, wirklich alle voll auf das Geschehen direkt vor der Schlossfassade konzentrierten. Da hätte wohl keiner im Schlosshof bemerkt, wenn sich jemand in die Orangerie geschlichen hätte.«

Es wurde laut im Besprechungsraum. Die meisten der Anwesenden stimmten dem Kollegen zu. Dessen Einschätzung deckte sich mit ihren eigenen Befragungen.

»Dann wären dem Mörder also nur zehn bis 15 Minuten geblieben, um die Tat auszuführen. Das ist nicht viel, aber es reichte völlig aus.« Konrad Thalmann fasste zusammen, was ohnehin allen schmerzlich klar war. Tatsächlich war bei den bisherigen Untersuchungen kein einziger Hinweis aufgetaucht, der ihnen näheren Aufschluss zur Person des Täters liefern könnte. Doch sie würden die Befragungen heute und in den kommenden Tagen fortsetzen. Vielleicht hatten sie Glück und es meldete sich ein Zeuge, der ihnen mit einem entsprechenden Hinweis weiterhalf. Auch die Tatwaffe war rätselhaft, wie die Technikergruppe bestätigte. Thomas Brunner tippte auf die Tastatur. Auf der Leinwand erschien ein längliches Stück Metall. Es war leicht gewunden, hatte eine auffällig geschwungene Biegung am einen und eine scharfe Spitze am anderen Ende.

»Das ist keine Allerweltsware«, kommentierte der Tatortgruppenchef. »Das bekommt man nicht in der Eisenabteilung im Supermarkt um die Ecke. Das schaut für mich nach speziellem Schmiedehandwerk aus. Wir haben keine Ahnung, woher das kommt. Aber wir klemmen uns dahinter.«

Davon war Merana überzeugt. Er schätzte den Eifer, den Thomas Brunners Leute auch bei komplizierten Fällen an den Tag legten. Sie verteilten die anstehenden Aufgabenbereiche. Dann war die Sitzung zu Ende.

Eine Stunde später war Merana in der Stadt. Er strebte einem auffälligen hohen Gebäude in der Nähe des

Mirabellgartens zu. Er hatte gleich nach der Teamsitzung angerufen und Glück. Wolfram Kegler war bis Mittag an seinem Arbeitsplatz anzutreffen. Sie hatten sich vor Jahren bei einer Veranstaltung kennengelernt und danach hin und wieder privat getroffen. Merana schätzte den Tourismuschef der Stadt. Kegler empfing ihn in seinem Büro, das einen herrlichen Ausblick auf die Salzburger Altstadt bot, die sich an der gegenüberliegenden Flussseite erstreckte.

»Danke, dass du dir die Zeit nimmst, Wolfram.«

»Für dich immer, Martin. Noch dazu, wo es um den gestrigen schrecklichen Vorfall in Hellbrunn geht, wie du am Telefon sagtest. Womit kann ich dir helfen?«

Merana kam schnell auf den Punkt.

»Ich brauche Hintergrundinformationen. Ich nehme an, der Tourismuschef der Stadt Salzburg kennt die Agentur ›Global Glory‹. Was weißt du über die beiden Brüder und deren Initiative mit den Chinesen?«

»Einiges. Sylvester und Jakob Polz ist mit dieser Initiative tatsächlich etwas gelungen, das sich zu einem lukrativen Geschäft entwickeln kann, für beide Seiten.«

Merana hob die Hände.

»Das musst du mir erklären. Warum um alles in der Welt sollte man Chinesen schmackhaft machen, einen europäischen Weihnachtsmarkt nachzubauen?«

Der Tourismuschef lächelte.

»Weil sie alles interessiert, was aus dem Westen stammt. Das kommt bei der neuen chinesischen Mittelschicht einfach gut an. Es geht nicht nur darum, sich Waren, Produkte, Dienstleistungen aus unserer Zivilisation zu beschaffen. Die Chinesen versuchen, sich dadurch ein besonderes Lebensgefühl anzueignen. Sagt dir Tianducheng etwas?«

»Nein.«

»Aber der Eiffelturm sagt dir etwas?« Jetzt war es an Merana, ein Grinsen aufzusetzen.

»Ja, aber der steht meines Wissens nach in Paris.« Der Tourismuschef quittierte die heitere Miene seines Gastes.

»Sehr richtig, Herr Kommissar. Und dort soll er auch bleiben. Tianducheng ist eine Wohnsiedlung in einem Vorort von Hangzhou. Das ist eine Stadt mit rund neun Millionen Einwohnern im Osten Chinas. Marco Polo hat sie übrigens als die schönste und großartigste Stadt der Welt bezeichnet. Dabei konnte er damals im 13. Jahrhundert dort noch gar nicht den Eiffelturm bewundern. Aber jetzt kann man es. Er dominiert nämlich die Skyline von Tianducheng, dem sogenannten Paris des Ostens. Und mit stattlichen 108 Metern ist er zwar um einiges kleiner als das Original, aber trotzdem ein ansehnlicher Blickfang. Und wenn Touristen oder frischvermählte Paare extra diesen Ort besuchen, dann bekommen sie dort zusätzlich ihren eigenen Triumphbogen, ein Stück der Champs-Élysées, einen Springbrunnen aus dem Jardin du Luxembourg, stattliche Häuser im klassizistischen

Stil und jede Menge an westlichem Lebensgefühl, das sie gierig aufsaugen.«

Meranas Stirn legte sich in Falten. Dann nickte er zustimmend.

»Ja, jetzt erinnere ich mich. Ich glaube, davon habe ich doch schon gehört. Es war in einem TV-Bericht. Dabei ging es um sogenannte Fake Architektur. Gut, das mit dem Eiffelturm kann ich irgendwie nachvollziehen, dass die Chinesen sich den gerne nachbauen wollen. Aber einen Christkindlmarkt?«

Wieder setzte der Tourismuschef ein breites Grinsen auf.

»Wer hätte jemals gedacht, dass die Chinesen, eingebettet in östlicher asiatischer Tradition, jemals Gefallen am malerischen Hallstatt im oberösterreichischen Salzkammergut finden? Und zwar so großes Interesse, dass sie es auf der Stelle nachbauen. Mit jeder Menge detailgetreuer Häuser. Eine Alpenidylle samt Kirche und See, und das mitten in einer Provinz mit subtropischem Klima. Der Hallstätter Bürgermeister war sogar bei der Eröffnung in China und zeigte aller Welt seine große Begeisterung. Und so findest du genug weitere attraktive Beispiele an europäischen Fake-Nachbauten in China, von holländischen Windmühlen bis hin zu englischen Tudor-Häusern.« Merana schnaufte.

»Ja, das mag alles sein. Aber ein Weihnachtsmarkt mit Christbäumen und einheimischen Christkindlhütten?«

»Wie ich schon sagte. Es geht ums Aufsaugen von westlichem Lebensgefühl für den Gewinn des eigenen Prestiges. Und außerdem handelt es sich bei unserem Adventzauber nicht um irgendeinen schnöden Adventmarkt, sondern um ein weihnachtliches Ereignis, das man eingebettet in ein Stück wohlbekannter Kultur erlebt. Hellbrunn gehört zur Stadt Salzburg, und die ist in aller Welt bekannt. Schloss, Park, Wasserspiele von Hellbrunn sind ein Werk der Salzburger Fürsterzbischöfe. Das heißt, man bekommt großartige Architektur, eingebettet in traumhafte Landschaft. Das interessiert alle. Natürlich auch die Chinesen. Mit dieser Idee haben die Polz-Brüder wahrlich einen respektablen Coup gelandet. Es wundert mich, dass niemand anderer zuvor auf die Idee kam.«

Merana dachte an gestern Abend. Er hatte einige aus der chinesischen Gruppe beobachtet, mit welcher Begeisterung sie die großen roten Kugeln des auffälligen Weihnachtsschmuckes an den Christbäumen aufnahmen. Wenn die tatsächlich den Hellbrunner Adventzauber in ihrer Heimat nachbauten, würden sie dann auch die Weihnachtshütten mit dem Angebot an christlichen Engeln, an heimischen Nikoläusen, an adventlichen Kerzen und Christkindlpuppen imitieren?

Der Tourismuschef hatte inzwischen seinen Laptop geöffnet. Er drehte dem Kommissar den Bildschirm zu, bediente die Maus. Merana sah in schneller Abfolge prächtige Weihnachtsbäume auf Plätzen, dazu Weihnachtsmänner in Santa Claus-Kostümen, Szenen aus Weihnachtsmärkten und weihnachtlich dekorierten Restaurants.

»Das sind alles Episoden aus China, aus Shanghai und anderen Städten. Vor allem die jungen Chinesen, aber nicht nur die, lieben das aus dem Westen importierte Fest. Da kann man feiern, staunen, wunderbar einkaufen, großartig essen, sich im Lichterglanz amüsieren. Was glaubst du, Martin, wie die darauf abfahren, wenn sie erst unseren Hellbrunner Adventzauber serviert bekommen?«

Merana seufzte. Er gab sich geschlagen.

»Offenbar hatten die beiden Polz-Brüder mit dieser Idee für die Chinesen tatsächlich einen guten Riecher. Da gibt es gewiss Neider?«

»Davon kannst du ausgehen.«

»Man hat mir gegenüber den Namen Kilian Hartgold erwähnt. Kennst du den Mann?«

Der Tourismuschef nickte. »Gehört nicht zu meinen Freunden. Aber er ist sehr erfolgreich, auch für einige Betriebe in unserer Stadt. Er hat einige interessante Angebote entwickelt, die man unter das Motto ›Weihnachtserlebnis in Salzburg‹ stellen kann: gastronomisch, kulinarisch, Freizeit, Events, Shopping, für den Individualreisenden genauso wie für Familien.«

»Und die Polz-Brüder?«

Der Tourismuschef wiegte den Kopf hin und her. »Da gibt es noch nichts Konkretes. Aber Sylvester suchte mich heuer im Sommer auf und präsentierte mir ein paar Vorschläge. Darunter sehr originelle Ansätze. Wenn da auch nur einiges aus dem Projektstadium zum konkreten Vorhaben wird, müssen sich die Mitbewerber gehörig ins Zeug legen, um das zu übertreffen. Und dass die Polz-Brüder es verstehen, aus ungewöhnlichen Ideen lukrative Geschäfte zu machen, beweist ja der Weihnachtscoup mit den Chinesen. Von dieser Unternehmung sind übrigens, ähnlich wie in Hallstatt, bei Gott nicht alle begeistert.«

»Ist unser Bürgermeister dagegen?«

Der Tourismuschef lachte. »Du meinst im Gegensatz zum Bürgermeister aus Hallstatt? Ich weiß es gar nicht. Ich werde ihn gerne bei nächster Gelegenheit befragen. Nein, ich meine Leute, die es sehr genau mit unseren heimischen Traditionen nehmen und nicht wollen, dass man die einfach als Fake-Unternehmen im fernen China imitiert.«

»Wer zum Beispiel?«

»Ich denke an Balthasar Flurbrunn.«

Der Name sagte Merana nichts.

»Das ist ein sehr umtriebiger Mann. Unter anderem koordiniert er große Auftritte der verschiedensten Volkskulturgruppen aus dem Salzkammergut. Er war gestern in Hellbrunn. Er hat die Glöckler hergebracht. Mich wunderte es sehr, als ich ihn gestern sah. Er hat wohl nicht gewusst, dass die Polz-Brüder mit ihren chinesischen Partnern beim Adventzauber waren. Das hätte ihm wohl gar nicht behagt. Denn die Polz-Brüder, so sagt man, lassen es vielleicht nicht dabei, den Chinesen nur den Adventzauber in Hellbrunn schmackhaft zu machen. Da gibt es ja noch einige wunderbare Märkte an traumhaften Plätzen im Salzkammergut. Und da hat der gute Balthasar Flurbrunn gewiss einiges dagegen. Und nicht nur er!«

Merana ließ das Gehörte setzen. Die Agentur der beiden Brüder schien tatsächlich sehr umtriebig. Während er nachdenklich seine Augen über den Laptop und die Papierstapel auf dem Schreibtisch gleiten ließ, fiel ihm ein bunt glänzender Prospekt auf. Er beugte sich vor, griff danach. »Navidad en Buenos Aires« war auf der ersten Seite zu lesen. Darunter folgten in glänzender Aufmachung verlockende Angebote, wie man die Weihnachtstage in der argentinischen Hauptstadt am besten erleben kann, mit Hotelangeboten, Shoppingtouren, Bühnenshows, Santa Claus-Partys, Weihnachtsmärkte-Trubel, Luxusrestaurants. Er blätterte weiter. Noël *à* Paris. Christmas in San Francisco. Es folgten weitere attraktive Einladungen. Der Kommissar hielt das Heft in die Höhe.

»Weihnachten scheint auf der ganzen Welt gut fürs Geschäft zu sein, weit über die Geschenke hinaus, die man unter den Christbaum legt.«

»Ja, mein Lieber. Wer es versteht, die richtigen Ideen für besonders attraktive Angebote zu haben, der kann dabei ansehnliche Gewinne einstreifen.«

»So wie die Polz-Brüder.«

Der Tourismuschef lachte hell auf. »Ja, das kann man so sehen. Für die beiden hätte der Chor gestern auf dem Weihnachtsmarkt vielleicht den Text des ersten Liedes ein wenig abwandeln sollen.«

»Du meinst statt weihnachtlichen Kirchenglocken die Glocken von Registrierkassen besingen?«

»Ja, genau. Süßer die Glocken nie bimmeln als zu der Weihnachtszeit …«

Merana quittierte den Gesang mit einem Lächeln, dann setzte er fort.

»Grad als ob Engelein singen, wieder rollt der Rubel voll Freud!«

Der Tourismuschef patschte in die Hände. »Hervorragend, geschätzter Herr Kollege. Wir beide gäben ein passables Duo für die Weihnachtskabarettbühne ab.«

Merana erhob sich. »Ich kann kaum unseren ersten Auftritt erwarten. Leider habe ich davor eine Kleinigkeit zu erledigen. Ich muss einen Mord aufklären.«

Auch der Tourismuschef stand auf, gab Merana die Hand. »Das wirst du wohl noch vor dem Heiligen Abend hinkriegen, Herr Kommissar. Das erwarte ich von dir.«

Ja, das wäre auch in meinem Sinn, dachte Merana. Dann könnte er wie ausgemacht den Heiligen Abend bei der Großmutter im Pinzgau verbringen, um mit ihr Weihnachten zu feiern. Doch er hatte Zweifel, ob sich das ausging. Bis jetzt war ihm noch nicht viel untergekommen, das ihn weiterbrachte, außer ein paar äußerst dürftiger Hinweise. Eine wenigstens halbwegs erfolgversprechende Spur sah anders aus. Eine solche war bisher weit und breit nicht auszumachen.

Er fuhr mit dem Lift nach unten und verließ das Gebäude. Als er auf die Straße trat, wurde er sofort von einer Gruppe ausgelassener Menschen umzingelt, offenbar Franzosen, wie er den fröhlichen Ausrufen entnahm. Scheinbar waren sie auf Shoppingtour, hatten wohl einen ergiebigen Ausflug durch einen der vielen Weihnachtsmärkte hinter sich. Zwei Männer hatten Santa Claus-Mützen übergestülpt, eine der Frauen war am Kopf mit einem blinkenden Rentiergeweih aus Plastik geschmückt. In der Hand hielt sie eine Tasche, aus der ein großer Plüschelch lugte. »Joyeux Noël!«, rief sie. Die anderen stimmten mit ein. Vielleicht hatten sie sich von einem knallig verlockenden Prospekt verleiten lassen und waren hergekommen, um alle Angebote zu genießen, die ihnen »Merveilleux Noël à Salzbourg« in Aussicht stellten. Er winkte ihnen zu und eilte zu seinem Auto.

Rings um ihn war fröhliche Weihnachtsstimmung, wohin er auch blickte. Und er hatte einen Mörder zu jagen, von dem er noch gar nichts ausmachen konnte, nicht einmal einen Schatten. Vielleicht waren die Kollegen inzwischen erfolgreicher. Die Mitglieder seines Teams waren längst ausgeschwärmt. Es gab viele potenzielle Zeugen zu befragen.

Er fuhr zurück zum Präsidium. Auf dem Weg von der Tiefgarage zu seinem Büro läutete sein Handy. Er checkte das Display. Carola. Er nahm den Anruf entgegen. Chefinspektorin Carola Salman war seine Stellvertreterin. Neben dem dienstlichen verband sie beide ein sehr freundschaftliches Verhältnis.

»Hallo, Martin. Ich werde meinen Urlaub abbrechen und zum Dienst kommen. Du wirst mich brauchen.«

Natürlich war es immer gut, die umsichtige Chefinspektorin bei den Ermittlungen an seiner Seite zu wissen. Aber Carola hatte sich extra freigenommen, um wenigstens in den letzten Tagen vor dem Weihnachtsfest für ihre geistig eingeschränkte Tochter da zu sein.

»Danke, Carola. Das ist wirklich gut gemeint und sehr kollegial. Aber Hedwig geht vor. Sie braucht dich garantiert mehr als ich.« Sie protestierte. Auf keinen Fall wolle sie das Team bei diesem schwierigen Fall alleine lassen. Sie einigten sich darauf, dass Merana sich verlässlich melden würde, wenn er der Ansicht war, die Anwesenheit der Chefinspektorin sei unerlässlich.

Im Büro setzte er sich sofort an den PC, notierte die Angaben, die er von Wolfram Kegler erhalten hatte. Dann sah er nochmals die Anmerkungen durch, die er zu den Besprechungen mit den Chinesen aus der vergangenen Nacht festgehalten hatte. Er versuchte, sich in die Situation zurückzuversetzen. Er bemühte sich, besonders auf die vorgefundene Atmosphäre zu achten, sich an die Mienen der Gesichter, an jeden Tonfall, an die gesamte Stimmung zu erinnern. Baihu Li. Der Name stand zuoberst auf der Liste. Ein Mann von 43 Jahren, von Beruf Architekt. Wie Merana gestern sofort aufgefallen war, hatten alle anderen den groß gewachsenen Chinesen auf besondere Weise angesehen, ehe sie selbst antworteten. In einer Haltung, die einerseits von Respekt kündete, wie er feststellte, aber auch von einem gewissen Grad an Untertänigkeit. Und noch etwas hatte Merana bemerkt. Die düstere Miene, die der Mann aufsetzte, den aufflackernden Zorn in seinen Augen. Das geschah jedes Mal, wenn die Rede auf den Toten, auf Sylvester Polz, kam. Dabei musterte Baiha Lu auch die Übersetzerin mit Argwohn. War da etwas vorgefallen, was dem offenkundigen Anführer der Gruppe nicht in den Kram passte? Hatte sich das Mordopfer Sylvester Polz auf ungebührliche Weise an Chen Lu herangemacht?

Er würde dieser Beobachtung nachgehen. Wie er gestern erfahren hatte, blieben die Chinesen bis zum Christtag in Salzburg, ehe sie nach Rom weiterflogen.

Natale a Roma. Merana musste lächeln. Kannten die Chinesen ebenfalls den Prospekt aus Wolfram Keglers Büro? Hatten sie sich von einem ähnlichen verlockenden Angebot zur Reise in die italienische Hauptstadt animieren lassen? Oder wurden sie auch dabei von der Agentur »Global Glory« betreut? Merana seufzte. Es ließ sich gewiss schnell herausfinden, ob die Agentur nach dem Salzburg-Aufenthalt auch für die Weiterreise der chinesischen Partner nach Rom verantwortlich zeichnete. Aber er war keineswegs sicher, ob ihn das bei der Frage weiterbringen würde, wer für den Tod von Sylvester Polz verantwortlich war.

Die Rückmeldungen, die von einigen aus dem Ermittlungsteam in den nächsten Stunden eintrudelten, waren nicht ermutigend. Im Gegenteil. Bisher hatte sich nichts ergeben, was ihnen weiterhelfen würde.

Doch dann erschien Thomas Brunner in Meranas Büro. Es war kurz nach 17 Uhr.

Dessen Gesichtsausdruck zufolge, würde der Tatortgruppenchef gleich mit einer erfreulichen Nachricht aufwarten.

»Bingo, Martin. Endlich sind wir einen Schritt weiter. Wir wissen mehr zur Mordwaffe.«

Thomas Brunner hielt Merana den Bildschirm seines Handys entgegen. Darauf war das eigenwillig geformte Gebilde zu sehen.

»Metallstücke dieser Art sind Spezialanfertigungen einerseits für Verstrebungen, aber auch für Schmuckhalterungen an ganz bestimmten Verkaufshütten. Und zwar an jenen für die Weihnachtsmärkte am Wolfgangsee. Und jetzt kommt es: Es gibt nur einen einzigen

Betrieb, der diese Stücke mit der speziellen Legierung und der eigenwilligen Form herstellt: die Schmiedewerkstatt Flurbrunn in Ebensee.«

Flurbrunn? Meranas Aufmerksamkeit wuchs.

»Hat das mit Balthasar Flurbrunn zu tun?«

»Sehr richtig. Er ist der Chef.«

»Und er war gestern zur Tatzeit in Hellbrunn, als Organisator des Glöcklerauftritts.« Merana griff nach den Autoschlüsseln. Es wurde Zeit, den Herrn Schmiedemeister und Brauchtumsbewahrer aufzusuchen. Und zwar auf der Stelle.

Wie oft bin ich eigentlich schon an den Wolfgangsee gefahren?, überlegte Merana, während er den Wagen über die B158 lenkte. Gewiss an die Hundert Mal, aber eher im Sommer. Selten bei einer so sternenklaren Winternacht wie heute. Die Straße wurde leicht abschüssig. Schon waren die ersten Gebäude von Sankt Gilgen samt dem Seeufer auszumachen, ein romantisches Lichtermeer, herbeigezaubert durch die weihnachtliche Beleuchtung der Häuser, der Gassen und des Adventmarktes im Zentrum.

»Man kann sogar von Weitem das Licht der großen Adventkerzen ausmachen, ein richtig rotgoldenes Spektakel.« Thomas Brunner saß am Beifahrersitz, deutete nach draußen. »Ich bin ja kein allzu begeisterter Weihnachtsmensch. Vielleicht hat das damit zu tun, dass ich mir gar nicht erst die Zeit für all den

Trubel nehme. Aber wenn ich mir diese glitzernde Farbenpracht vor mir anschaue, könnte ich vielleicht einer werden.« Das Lachen seines Beifahrers erinnerte Merana an das fröhliche Glucksen von Kindern. Man hatte Merana mitgeteilt, dass der Schmiedemeister nicht an dessen Betriebsstätte in Ebensee zu erreichen war. Balthasar Flurbrunn hatte auf dem Weihnachtsmarkt in Sankt Wolfgang zu tun. Dort würden sie ihn also treffen, in einer knappen halben Stunde.

Ein ähnlich märchenhaftes Bild erwartete sie am Ostufer des Sees, als sie das weihnachtlich glitzernde Strobl passierten.

»Da war ich vor einer Woche, mit meiner Schwester und den beiden Neffen.« Thomas Brunner wies auf die dörfliche Glitzerpracht, aus der einige beeindruckend große Schweifsterne leuchteten. Merana war erstaunt über die Bemerkung seines Kollegen. Offenbar nahm Thomas Brunner sich doch hin und wieder Zeit für einen Besuch in funkelnden Weihnachtswelten. »Die Buben waren natürlich hellauf begeistert. Und ehrlich gesagt, mir hat es auch nicht schlecht gefallen. Strobl präsentiert sich seinen Besuchern in der Weihnachtszeit als romantisches Krippendorf.«

»Ich bin beeindruckt. Da begleitet mich ja der Richtige. Neben mir sitzt nicht nur ein Experte für Tatorte, sondern auch für adventliche Schauplätze rund um dieses Gewässer. Da bin ich aber gespannt, was uns gleich in Sankt Wolfgang erwartet.«

Es erwartete sie ein faszinierender Anblick. Merana, der den Ort von einigen Besuchen im Sommer gut kannte, war überaus erstaunt. Dass die vorhandene weihnachtliche Beleuchtung die berühmte Uferansicht mit der markanten Erscheinung der Wallfahrtskirche aus der Umgebung hob, hatte er erwartet. Dieses Motiv war aus unzähligen Filmen, Prospekten, Bildershows zweifellos weltweit bekannt. Aber was ihn in Ufernähe vom nächtlichen See entgegenstrahlte, überraschte ihn doch. Er sah eine überdimensional große Weihnachtslaterne, umsäumt von blinkenden Sternen.

Thomas Brunner deutete darauf. »Wenn ich es richtig im Kopf behalten habe, dann stammt das Metallgerüst dieser schwimmenden Friedenslichtlaterne aus der Werkstatt von Balthasar Flurbrunn.«

Das können wir den Schmiedemeister ja gleich fragen, dachte Merana. Aber viel mehr interessierte ihn, warum ausgerechnet ein Metallstück aus dessen Werkstatt zur Tatwaffe für den Mord an Sylvester Polz wurde. Sie setzten den Weg fort.

»Auch hier war ich schon mit meinen Neffen«, bemerkte Thomas Brunner, während er wacker mit dem rasch ausschreitenden Kommissar Schritt hielt. »Wenn man durch den Adventmarkt geht, erreicht man auch den Pfarrgarten. Dort sind die lebensgroßen Figuren der Salzkammergutkrippe zu bewundern. Die Buben waren begeistert.« Merana erwiderte nichts. Doch sein Erstaunen wuchs. Für einen wenig begeisterten Weihnachtsmenschen, wie er sich bei der Herfahrt selbst bezeichnete, wusste Thomas Brunner tatsächlich eine Menge über die weihnachtlichen Attraktionen der Umgebung.

Zehn Minuten später saßen sie Balthasar Flurbrunn gegenüber. Sie befanden sich in einem Gebäudeteil, das zu einem der Häuser am Seeufer gehörte.

»Ich benutze den Raum gelegentlich als Werkstatt«, hatte Flurbrunn ihnen beim Empfang erklärt. »Es gibt immer etwas herzurichten, für den Weihnachtsmarkt oder für eine der anfallenden Veranstaltungen.«

»Was gibt es heute zu tun?« Thomas Brunner blickte den Mann fragend an.

»Nichts Spezielles, im Bereich der Hütten ist alles in Ordnung. Aber einige unserer Kappen brauchen mich.« Er wies zur gegenüberliegenden Wand. Dort befanden sich auf einem großen Regal einige prächtig ausgestattete Glöcklerkappen. »Es gilt, alle Kerzenhalterungen zu überprüfen genauso wie die Befestigungen für die verschiedenen Motive und deren Ausstattung zu kontrollieren. Dafür ist heute der allerbeste Zeitpunkt.«

»Warum ausgerechnet heute?«, wollte Meranas Begleiter wissen.

Der Handwerksmeister blickte ihn erstaunt an.

»Das fragen ausgerechnet Sie mich? Haben Sie sich nicht vorhin als Thomas Brunner vorgestellt?«

»Ja, so heiße ich«, antwortete dieser. »Was bezwecken Sie mit dieser Frage?«

In Merana dämmerte eine Vermutung, was folgen würde.

»Heute ist der 21. Dezember, mein Herr!«, entgegnete der Schmied mit deutlich angehobener Stimme. Merana musste kurz lächeln. Er hatte geahnt, worauf Flurbrunn anspielte.

»Ja, das weiß ich«, bemerkte der Tatortgruppenchef. Er wirkte leicht irritiert. Die Stimme des Schmiedemeisters wurde eine Spur lauter.

»Heute ist nicht nur Wintersonnenwende, heute ist auch der Tag Ihres Namenspatrons, geschätzter Herr. Aber es geht nicht nur um den Tag des Heiligen Thomas, noch wichtiger ist die heutige Thomasnacht, die längste Nacht des Jahreskreislaufes. Damit beginnt der Reigen der weihnachtlichen Raunächte.«

Erneut konnte sich Merana ein Schmunzeln nicht verkneifen. Was sollte man von einem ausgewiesenen Vertreter des alpenländischen Brauchtums auch anderes erwarten. Der Schmiedemeister genoss es offensichtlich, den unwissenden Thomas in Gestalt des Tatortgruppenchefs über den Tag des Namenpatrons ausgiebig zu belehren. Gleichzeitig erinnerte Merana sich an einen ganz speziellen Fall, in dem er vor einigen Jahren ermittelt hatte.

Dabei ging es um ein Verbrechen, das in direktem Zusammenhang mit den Raunächten stand, vor allem mit den Bräuchen und Vorstellungen, die damit verbunden sind.

»Und wir, die Glöckler, sind am Ende dieser bedeutsamen Reihe unterwegs, am 5. Jänner, dem Tag vor Dreikönig. Denn am Abend beginnt, wie Sie vielleicht wissen, die letzte der Raunächte.« Der Brauchtumsexperte war in Fahrt gekommen. Er nahm eine der Kappen vom Regal. Dabei handelte es sich um ein besonders prachtvolles Exemplar, ausgeführt als reich verzierter achteckiger Stern. Er hob das Prunkstück langsam in die Höhe

»Die Kappe, die Sie hier sehen, wiegt rund acht Kilogramm. Dazu muss der Träger beim Auslauf drei schwere Glocken am Ledergurt mitführen. Das ergibt zusammen ein Gewicht von etwa 18 Kilogramm. Wir zeigen unsere Kappen nicht nur den vielen Tausenden Touristen, die jedes Jahr zur Weihnachtszeit zu uns kommen. Wir laufen damit vor allem zu den Menschen, die in unserer Heimat wohnen, besuchen sie auf ihren Höfen, kommen zu ihren Wohnungen und Häusern. Und das machen wir nicht, weil wir so gerne schwere Lasten schleppen. Wir machen das, weil unsere Vorfahren diesen Brauch auch schon zelebriert haben. So wie sie zeigen wir unsere kunstvolle Figuren in Form von Achtern, Schleifen, Spiralen, gemäß den alten Überlieferungen. Das hat seinen Sinn. Gemäß Tradition werden dadurch die bösen Geister vertrieben, die winterlichen Unholde. Es wird Raum eröffnet für die Kräfte des Lichts und der Wärme.«

»Wenn ich mich recht erinnere, dann hat der Begriff Glöckler gar nichts mit Glocken zu tun«, mischte sich

Merana ein. »Das kommt vielmehr vom mittelhochdeutschen Wort ›klocken‹, was so viel wie anklopfen bedeutet.«

Der Schmiedemeister nickte anerkennend. Respekt schwang gleich darauf in seiner Stimme mit.

»Sehr richtig erklärt, Herr Kommissar. Der Brauch steht in Zusammenhang mit den Anklopfnächten. Wir Glöckler machen uns also auf den Weg hin zu den Menschen. Wir kehren bei ihnen ein. Und zwar machen wir im Salzkammergut das ausschließlich in Verbindung zur letzten Raunacht, also am 5. Jänner. Wenn uns allerdings jemand ersucht, unseren überlieferten Brauch in besonderem Rahmen an einem anderen Tag zu präsentieren, dann machen wir gelegentlich eine Ausnahme. Dann zeigen wir unsere Kappen auch zu einem anderen Zeitpunkt. Das ist der Grund, warum wir uns gestern Abend in Hellbrunn befanden. Man hat uns auf sehr entgegenkommende Art darum gebeten. Und eines möchte ich an dieser Stelle klipp und klar betonen, meine Heeren. Unser Erscheinen in Hellbrunn hat garantiert nichts mit dem grässlichen Vorfall zu tun, der sich gestern dort ereignete. Aber das habe ich Ihnen alles schon am Telefon mitgeteilt. Mehr gibt es dazu nicht zu sagen.« Er wandte sich bedächtig ab von den beiden Ermittlern, stellte den prachtvollen Kopfschmuck zurück aufs Regal. Thomas Brunner holte ein Tablet aus seiner Umhängetasche, aktivierte es. Dann blickte er schnell zu Merana. Dieser nickte zustimmend. Brunner wartete, bis Flurbrunn sich ihnen zuwandte. Dann drehte er ihm den Bildschirm des Tablets zu. Im Gesicht des Schmiedemeisters machte sich Erstaunen bemerkbar.

»Wo haben Sie das her?« Balthasar Flurbrunn klopfte mit dem Finger auf die Darstellung.

»Aus dem Hals des Toten«, antwortete der Tatortgruppenchef. »Das ist die Tatwaffe.«

Er legte den Zeigefinger auf den Bildschirm. »Und wie wir festgestellt haben, kommt dieses Metallstück eindeutig aus Ihrer Werkstatt.«

Flurbrunns Augen weiteten sich, Entsetzen stand darin.

»Damit habe ich nichts zu tun.« Er riss abwehrend die wuchtigen Arme nach oben. »Hier auf den Weihnachtsmärkten rund um den Wolfgangsee finden Sie garantiert Hunderte solcher Eisenstücke aus unserer Werkstatt. Jeder kann sich also eines beschafft und durch entsprechendes Zuspitzen zur Waffe umfunktioniert haben.«

»Aber nicht jeder hat einen plausiblen Grund dazu«, wandte der Kommissar ein. »Nicht jeder stand Sylvester Polz und dessen lukrativen Plänen mit den chinesischen Partnern ablehnend gegenüber. Sie allerdings schon, Herr Flurbrunn.«

Der Schmied öffnete die Fäuste, spreizte die Finger.

»Ja, ich gebe zu, ich konnte den Typ nicht besonders leiden. Aber deswegen bringe ich ihn doch nicht um.« Seine dunkle Stimme begann leicht zu kreischen.

Merana fixierte sein Gegenüber.

»Lieber Herr Flurbrunn, ersparen Sie mir und Ihnen, dass ich aufzähle, wie viele Personen ich im Lauf meines Berufslebens getroffen habe, die schon aus weit banaleren Gründen zum Mörder wurden.«

Noch immer glomm Entsetzen in den Augen des Schmiedemeisters. Die Stimme überschlug sich förmlich.

»Glauben Sie mir bitte, Herr Kommissar, ich habe damit nichts zu tun. Nochmals, ich konnte den Kerl nicht ausstehen. Ich denke, darüber habe ich auch keinen Hehl gemacht, als ich die beiden Brüder mit ihrem Gefolge auf dem Weihnachtsmarkt traf.«

Nun lag es an Merana, erstaunt zu schauen.

»Die Polz-Brüder waren hier, in Sankt Wolfgang? Waren sie alleine oder zusammen mit ihren chinesischen Partnern?«

»Sie waren alle hier, vor vier Tagen.«

»Und die Brüder haben mit Ihnen über die Pläne der Agentur in Zusammenhang mit den Chinesen geredet?«

»Nicht so direkt. Der Jüngere hat fast gar nichts geredet und dieser Sylvester hat nur undurchsichtige Andeutungen gemacht. Er versuchte dabei, mich ein wenig auszuhorchen. Ich sage Ihnen ganz offen, ich halte überhaupt nichts von den Ambitionen der Chinesen. Die wollen immer nur alles imitieren. Sogar unser wunderschönes Hallstatt haben sie nachgebaut.

Das passt doch überhaupt nicht in irgend so eine chinesische Provinz. Ich bin heute noch auf den Hallstätter Bürgermeister sauer, dass er sich erblödete, damals sogar zur Eröffnung nach China zu reisen. Wozu? Es ist alles Fake! Und wie man mir erzählte, wollen die Chinesen es nicht nur beim Nachbauen fremder Dörfer und Stadtteile belassen, sie wollen auch unsere Bräuche kopieren. Was für ein Schwachsinn! Warum kümmern die sich nicht um ihre eigene Tradition? Die haben doch so wunderbare, ganz eigenständige Beispiele an alter Kultur, an alten Bräuchen, an großartigen Bauwerken.«

Der Schmiedemeister war laut geworden, hatte die letzten Sätze mit ausladenden Gesten betont. Merana wartete ein wenig, fixierte genau das Mienenspiel seines Gegenübers, als er weitersprach.

»Ich bin überzeugt davon, die chinesische Gruppe zeigte großes Interesse an Ihrem alten, immer noch sehr lebendigen Glöcklerbrauchtum. Zumindest war die Begeisterung der Asiaten für die Darbietung gestern in Hellbrunn festzustellen.«

Der Schmied schnaubte. »Ja, das ist mir schon klar. Aber zu dieser Idee habe ich schon bei deren Besuch in Sankt Wolfgang eindeutig Stellung bezogen. Ich halte es für blanken Unsinn. Aber ich bin nicht sicher, ob das auch Sylvester Polz kapiert hat. Der andere Bruder schon eher. Zumindest kam es mir so vor. Der war mir viel sympathischer. Ich glaube, dieser Jakob war um einiges wiffer als sein Bruder. Der hatte mehr Weitblick, wahrscheinlich auch die besseren Ideen. Das war jedenfalls mein Eindruck. Der Ältere war in erster Linie ein großspuriges Großmaul. Ich weiß, man soll nicht schlecht über Tote reden, doch so ist es nun mal.« Er wuchtete erneut die Arme nach oben. »Aber angetan habe ich dem Kerl nichts, das müssen Sie mir glauben!«

Das wird sich noch herausstellen, dachte Merana. Sie würden die Angaben des Schmiedemeisters gründlich überprüfen. Sie werden alle entsprechenden Aussagen nochmals durchgehen. Und falls es nötig ist, werden sie auch die Teilnehmer der Hellbrunner Glöcklerpräsentation ein weiteres Mal befragen.

Während der Heimfahrt besprachen sie kurz, welche Schlussfolgerungen sie aus den eben gehörten Antworten zu ziehen hatten. Gleichzeitig präsentierte sich ihnen dasselbe malerische Bild wie schon bei der Hinfahrt. Der Himmel war übersät vom Sternenlicht. Weihnachtliche Stimmung herrschte entlang der Seeufer. Auf dem dunklen Wasser waren einige blitzend geschmückten Schiffe auszumachen, die ruhig ihre Bahnen zogen.

Thomas Brunner stieg am Stadtrand aus. Er wohnte in einer der nahe gelegenen Straßen. Er wollte noch einen kurzen Spaziergang machen, das Hirn auslüften, wie er betonte. Merana fuhr allein zur Polizeidirektion.

Dort wartete eine Überraschung auf ihn. Der diensthabende Beamte am Empfang hielt den Kommissar auf, informierte ihn, dass er Besuch habe.

»Der junge Mann ließ sich einfach nicht abhalten. Er wollte unbedingt auf Sie warten. Wir haben ihn in eines der kleineren Besprechungszimmer im Erdgeschoss gebracht. Dort sitzt er schon über zwei Stunden.«

Der Beamte nannte ihm den Namen. Rasch begab sich Merana zum angewiesenen Raum.

»Guten Abend, Herr Kommissar. Ich bin froh, dass Sie endlich hier sind.«

Jakob Polz schnellte vom Stuhl hoch, streckte die Hand aus. Merana begrüßte ihn, ersuchte den jungen Mann, wieder Platz zu nehmen.

»Was führt Sie zu uns ins Präsidium?«

Der Angesprochene schluckte, dann sprudelten die Worte in schneller Folge aus seinem Mund.

»Die Angst, Herr Kommissar. Ich war am Abend in Hellbrunn. Es gab keinen bestimmten Grund, dort hinzufahren. Ich wollte nur kurz den Ort aufsuchen, um der Stelle nahe zu sein, an der mein Bruder gestern auf so grauenvolle Art ums Leben kam. Ich verließ das Auto, marschierte durch den Park. Ich bemerkte, dass mir jemand folgte. Ich drehte mich um. Da sah ich ihn, halb verborgen hinter einem Baum.«

»Wen?«

»Kilian Hartgold, den Chef der Agentur ›Silberschein‹, einer unserer Konkurrenten. Vielleicht hat er doch etwas mit dem Tod meines Bruders zu tun.«

Merana prüfte die Miene seines Gegenübers. Der junge Mann schien sehr aufgeregt.

»Haben Sie mit ihm gesprochen?«

Jakob Polz schüttelte schnell den Kopf. »Nein, ich bin auf der Stelle zu meinem Auto gerannt und losgefahren, so schnell ich konnte. Dann bin ich sofort hierhergekommen.«

Merana nickte. Er griff nach seinem Handy. Er wählte nacheinander die Nummern, die zu Kilian Hartgold in seinen Unterlagen standen. Doch weder unter dem privaten Anschluss noch unter jenem der Agentur meldete sich jemand.

»Ich werde der Sache nachgehen, Herr Polz. Außerdem werde ich veranlassen, dass eine unserer Streifen Sie heimbegleitet. Die Beamten sollen dann vor dem Haus Stellung beziehen.«

»Danke, Herr Kommissar.«

*Calimero!* Jetzt fiel Merana der Name der Comicfigur ein, an die er schon bei der ersten Begegnung dachte. Natürlich trug sein Gegenüber keine Eierschale auf dem Kopf wie das berühmte Küken aus der Fernsehserie. Es waren vor allem die großen Augen, die Merana zu dem Vergleich brachten. In Jakob Polz' Miene war der verzweifelte Ausdruck schlagartig verschwunden, um Platz zu machen für ein breites Lächeln der Zuversicht. Genau wie bei Calimero, wenn er sich über ein gut bestandenes Abenteuer freute.

»Da fühle ich mich gleich um einiges wohler, Herr Kommissar. Es tut gut zu wissen, dass Ihre Polizisten ganz in meiner Nähe bleiben.«

»Ja, der Idiot ist einfach davongerannt.« Der Mann bekam einen Gesichtsausdruck, den Merana am ehesten als wutschnaubendes Grinsen deutete.

Der Kommissar hatte gestern spätabends mehrmals versucht, Kilian Hartgold zu erreichen. Erst heute Morgen hatte er mehr Glück. Nun saß ihm der Chef der Agentur »Silberschein« in dessen Büro gegenüber und gab sich Mühe, die ihm offensichtlich lästigen Fragen zu beantworten.

»Ich habe ihm noch nachgerufen, aber der Kerl ist losgestartet, als sei eine Meute blutiger Hunde hinter ihm her. Dabei wollte ich nur mit ihm reden.«

»Halb verborgen hinter einem Baum?«

Der Agenturchef schaute erstaunt.

»So hat er es geschildert? Er ist wirklich ein kleiner Idiot. Ich war nicht einmal in der Nähe eines Baumes, als er sich plötzlich umwandte.«

Merana beugte sich vor, seine Stimme nahm an Schärfe zu.

»Was hatten Sie gestern in Hellbrunn zu suchen?«

Der andere hob die Arme, wackelte mit den Handflächen.

»Die Frage ist eher, was hatte Jakob Polz in Hellbrunn zu suchen. Ich wollte gestern am Abend zu ihm. Als ich an seinem Wohnblock ankam, sah ich ihn in sein Auto steigen und wegfahren. Da bin ich ihm gefolgt. Er fuhr nach Hellbrunn, parkte in der Nähe zum Schlossparkeingang. Ich ging ihm hinterher.«

»Warum?«

»Na ja, erstens bin ich grundsätzlich ein neugieriger Mensch. Ich wollte wissen, was er vorhatte. Und außerdem, ich sagte es bereits, wollte ich wirklich mit ihm reden.«

»Worüber?«

»Na, worüber schon?« In die Stimme des Agenturchefs mischte sich ein Schnauben. »Übers Geschäft natürlich. Worüber lohnt es sich sonst zu reden? Wie mir zugetragen wurde, hat die Agentur ›Global Glory‹ einige interessante Tourismus-Packages fürs Weihnachtsgeschäft ausgetüftelt. Da könnte man doch an einer gemeinsamen Strategie basteln, eventuell ein passendes Joint-Venture-Projekt schmieden.«

Merana schaute seinem Gegenüber direkt ins Gesicht.

»Sylvester Polz wurde auf brutale Weise ermordet. Das geschah vorgestern. Und nur einen Tag später wollten Sie mit dessen Bruder über Geschäfte reden?«

»Ja. Business is the salt of life. Wer zu spät kommt, den bestrafen die Verluste.«

Kilian Hartgold grinste.

»Selbstverständlich tut es mir um das plötzliche Hinscheiden von Sylvester leid. Selbst wenn er ein Konkurrent war. Einen derart brutalen Tod wünscht man wohl keinem. Aber ganz offen gesagt, Herr Kommissar. Er war ohnehin eher ein Großmaul, hatte meines Wissens nicht viel drauf. So wie ich das einschätze, hat Jakob viel mehr auf dem Kasten. Deshalb wollte ich keine Zeit vergeuden und so bald wie möglich mit dem Kleinen reden. Aber der Idiot hat mein Auftauchen offenbar völlig falsch eingeschätzt.«

Oder auch nicht, überlegte Merana. Auch hier würden sie nachstoßen. Es galt, Kilian Hartgolds gestrigen Aufenthalt in Hellbrunn gründlich zu überprüfen. Sie mussten erneut mögliche Zeugen befragen, versuchen, jedem Schritt des Agenturchefs nachzuspüren.

Merana fuhr zurück ins Präsidium. Die Teambesprechung war für elf Uhr angesetzt. Er wollte alle über den aktuellen Ermittlungsstand instruieren, von seiner Begegnung mit Jakob Polz und der eben erlebten mit Kilian Hartgold berichten. Als er ankam, hatte er noch die Hoffnung, dass sie durch die Untersuchungen der anderen ein wenig Klarheit für die Auflösung des Falls gewännen. Nach zwei Stunden Besprechung musste er einsehen, dass sie nach wie vor im Dunkeln tappten. Und das war bei Weitem keine Dunkelheit der heimeligen Art, wie er sie gestern mit Thomas Brunner bei der Fahrt an den Wolfgangsee erlebt hatte. Das Dunkel, das sich aus ihren Ermittlungen ergab, glich eher einer dichten Wand. Es war schwarz, gestaltlos, undurchdringlich. Gewiss, wenn er sich bemühte, sah er eine Andeutung von schwachen hellen Streifen. Doch die glichen eher dem Licht äußerst fahler Sterne.

Da gab es einen Konkurrenten im zugegebenermaßen lukrativen Weihnachtstourismus-Business, der sogar am nächsten Tag in der Nähe des Tatortes war. Die Gründe dafür erschienen Merana so zwielichtig wie der Typ selbst. Aber vielleicht gelang es ihnen, noch mehr über Kilian Hartgold herauszufinden. Der nächste schwache Stern hinter der dunklen Wand strahlte zwar ein wenig blasser. Immerhin war bewiesen, dass die Mordwaffe aus Balthasar Flurbrunns Schmiedewerkstatt kam. Vielleicht konnten sie nachweisen, dass der umtriebige Glöckler-Organisator am Abend des Mordes nicht zu jeder Zeit unter Beobachtung seiner Begleiter stand und ohne Weiteres Zeit gehabt hätte, die Orangerie zu betreten. Aber reichte das bisher ausgespähte mögliche Motiv für eine derartige Gewalttat? Bewahrung des eigenen Brauchtums als Grund, um mit dem mörderischen Eisen zuzustoßen? Vielleicht existierten andere Motive im Umfeld der Glöckler und der Weihnachtsmärkte am Wolfgangsee, von denen sie keine Ahnung hatten. Und da waren die argwöhnischen Blicke, mit denen der Anführer der chinesischen Gruppe die Morgentau-Dame gemustert hatte. Vielleicht steckte mehr dahinter, als sie bisher annehmen konnten. Vielleicht verpuffte jede Mutmaßung in diese Richtung als reines Hirngespinst. Sie drehten sich im Kreis, sie traten auf der Stelle. Merana spürte es, fast schmerzlich. Das deprimierende Gefühl änderte sich auch nicht im Verlauf des Tages. Selbstverständlich hielten sie sich alle denkbaren Möglichkeiten offen, zogen weiterhin in Betracht, dass doch Amelie Trautner und ein anderer Mitarbeiter des Schlossrestaurants für den Mord verantwortlich waren. Aber vielleicht kam der Täter von ganz anderswo, aus einem Bereich, von dem sie nicht einmal einen blassen Schimmer hatten. Auch der darauffolgende Tag brachte Merana und seine Leute keinen Schritt weiter.

»Du kannst trotzdem fahren, Martin. Nimm deine Großmutter und bringe sie zurück in den Pinzgau.« Thomas Brunner war in Meranas Büro erschienen. »Bleib auch morgen am Heiligen Abend bei ihr. Ich halte hier die Stellung. Sollte sich aus den stockenden Ermittlungen unerwartet etwas Neues ergeben, verständige ich dich sofort. Dann können wir immer noch entscheiden, wie wir damit umgehen. Und wenn es dann nötig sein sollte, dass du herkommst, bist du ja in zwei Stunden bei uns.«

Merana zögerte, suchte nach Argumenten, die dagegensprachen. Schließlich ließ er sich vom Leiter der Tatortgruppe überreden.

»Danke, Thomas.«

Die Großmutter freute sich. Dass Merana sie am letzten Tag vor dem Heiligen Abend zurückbegleiten würde, war von Anfang an ausgemacht gewesen. Das war lange vor dem Mord geschehen. Auch ihre Nachbarin hätte Kristina Merana, wie schon früher des Öfteren, abgeholt. Aber so war es in jedem Fall besser. Sie fuhren am frühen Nachmittag los und kamen gegen 17 Uhr im Oberpinzgau an.

»Da bleibt uns genug Zeit für das Weihnachtsspiel, Martin.« Diese Aufführung zu besuchen, hatte Tradition im Ort und auch im Leben der Großmutter. Das Spiel wurde immer am 23. Dezember gezeigt. Das war schon in Meranas Kindheit so gewesen. In den letzten Jahren war es Merana einige Male gelungen, die Großmutter bei diesem Besuch zu begleiten. Kristina Merana legte sich nach der Ankunft ein wenig hin, ehe beide kurz vor 19 Uhr den großen Saal im Gemeindehaus betraten. Die Großmutter hatte für sie Plätze in der dritten Reihe reservieren lassen. Auf der Bühne waren vorwiegend Kinder zu sehen. Nur im Musikensemble, das die Aufführung begleitete, agierten einige Erwachsene. Die Großmutter griff nach seiner Hand, während sie belustigt und dann sichtlich gerührt dem Geschehen folgte. Auf der Bühne lief das Spiel gemäß der biblisch überlieferten Weihnachtsgeschichte ab. Soweit Merana mitbekam, spielten dabei zwei Hirten eine besondere Rolle. Aber es fiel ihm schwer, sich zu konzentrieren. Immer wieder schweiften seine Gedanken ab, landeten bei seinem Fall. Einmal zog er das Handy aus der Tasche, kontrollierte das Display. Es war keine Nachricht von Thomas Brunner gekommen. Er wusste nicht, ob ihn das beruhigen sollte oder eher nicht. Offenbar hatte sich nichts Neues ergeben, nichts, das wichtig genug war, dass der offizielle Leiter der Ermittlungen es wissen musste. Die Vorstellung dauerte eine gute Stunde. Das begeisterte Publikum applaudierte lange. Dann führte Merana die Großmutter aus dem Gemeindegebäude. Sie hielten auf das größte Gasthaus im Ort zu. Auch das hatte Tradition. Nach dem Weihnachtsspiel lud Merana seine Oma immer zum Abendessen in den »Goldenen Fuchs«. Sie nahmen in der Zirbenstube Platz. Merana entschied sich für das Rehmedaillon, die Großmutter wählte Forellenfilet. Das Essen schmeckte beiden ausgezeichnet. Merana nahm kein Dessert, bestellte nur einen doppelten Espresso. Die Großmutter ließ sich einen Teller mit ausgewählten Süßigkeiten reichen. Wie schon zuvor schwärmte seine Oma über die im Gemeindesaal erlebte Vorstellung.

»Das heutige Spiel ließ mich einige Male an eine Aufführung aus deiner Kindheit denken. Kannst du dich an das Stück ›Die Hirtenbrüder‹ erinnern?«

Merana schüttelte den Kopf. »Tut mir leid, Oma. Keinen blassen Schimmer.«

Sie lächelte. »Ich mich schon. Obwohl ich zugeben muss, die heutigen Darsteller waren um einiges besser. Der Große, der sich ständig als besserwisserischer Schnösel aufspielen musste, war einfach großartig. Und der Kleine als jüngerer Bruder stand ihm in nichts nach. Hervorragend, wie er aufblitzen ließ, dass eigentlich er derjenige ist, der alles weiß, der die idealen Lösungen findet und schlussendlich den richtigen Weg zum Stall mit Jesuskind einschlägt. Leider bekam den Applaus der Weggefährten immer der andere, der sich großmäulig in Szene setzte.«

»Ja, Oma, da hast du recht. Beide waren faszinierend. Aber ob sie besser waren als die Darsteller aus meiner Kindheit, kann ich beim besten Willen nicht nachvollziehen. Selbst wenn ich mich daran erinnern könnte, wäre das viel zu lange her.«

Die Großmutter nahm einen weiteren Löffel vom delikaten Brombeermus. Dabei gluckste sie leise, kicherte vor sich hin.

»Erinnere dich an die vorletzte Szene am Stall von Bethlehem! Einfach großartig, wie der Große sich aufplusterte und versuchte, das erhabene Spiel des Heiligen Josef zu imitieren. Er bekam es natürlich bei Weitem nicht hin. Er scheiterte schon beim Versuch, die würdevolle Kopfhaltung des Heiligen Josef nachzumachen. Dennoch waren die Hirtenkameraden sehr vom Getue des Großen angetan. Leider konnte der Kleinere das aufdringliche Gehabe seines größeren Bruders in dieser Szene nicht mitbekommen. Er war gerade mit dem weißen Lamm beschäftigt, das er dem Jesusknaben zuführte. Offenbar schrieb die Rolle vor, dass er in diesem Augenblick dem Kindlein mit dem Lamm eine große Freude zu bereiten hatte. Andernfalls hätte er den Größeren sicherlich wieder mit einer witzigen Bemerkung geschickt auf die Schaufel genommen. Schade um diese Gelegenheit. Aber das Spiel war eben so und nicht anders. Gott sei Dank hat der Prahlhans wenigstens am Schluss einen Tritt vom Esel bekommen.«

Merana wurde plötzlich heiß. Und das lag nicht am Espresso.

»Was hast du eben gesagt, Oma?«

»Dass der unsympathische Hirte wenigstens am Schluss noch einen Tritt vom Esel aus dem Stall bekommen hat.«

»Nein, davor …« Die alte Frau dachte kurz nach, ergriff die Hand ihres Enkels.

»Es war einfach großartig, wie der aufgeplusterte Große versuchte, den Heiligen Josef zu imitieren. Und ich finde es schade, dass der kleinere Hirte das nicht mitbekam, weil das im Spiel nicht vorgesehen war.«

Das war es! Merana hatte plötzlich das Gefühl, es wurde taghell in ihm. Als würden alle Sterne von Bethlehem auf einmal aufleuchten!

Warum hatte er bei den Befragungen nicht gleich darauf geachtet? Die Großmutter hatte es in ihrer aufmerksamen Art bei der Darstellung der Hirten sofort bemerkt. *Der Kleinere konnte das nicht mitbekommen. Das Spiel war eben so und nicht anders!*

Er sprang auf, drückte seiner Oma einen Kuss auf das silbrige Haar. Sie blickte ihn von unten herauf an. Sie lächelte.

»Ich sehe, du hast eine Idee zu dem Fall.«

»Ja, so hell wie alle Weihnachtssterne zusammen. Ich weiß jetzt die Antwort. Endlich kann ich den Fall lösen.«

»Den Fall? Den Mord vom Adventzauber in Hellbrunn?«

»Ja. Es ist zwar mein Fall, aber gelöst hast du ihn.«

»Ich?«

»Ja, Oma, durch deine Achtsamkeit.«

»Da kann ich dir leider nicht ganz folgen, geliebter Enkel.«

Er nahm sich ein paar Sekunden Zeit, um ihr in wenigen Sätzen die Zusammenhänge zu erklären. Darauf bezahlte er schnell die Rechnung und bat den Wirt, die Großmutter nach Hause zu begleiten. Dann hetzte er aus dem Wirtshaus zu seinem Auto. Schon bei der Abfahrt telefonierte er mit Thomas Brunner, instruierte ihn ausführlich.

»Alles klar, Martin, ich kümmere mich sofort darum.«

Es war wenig Verkehr auf der B165. Kurz vor Zell am See musste er an einer Ampel halten. Dabei fiel sein Blick auf einige der Häuser am Straßenrand. In einem davon nahm er vier Leute wahr, ein älteres Paar und zwei Jugendliche. Sie waren damit beschäftigt, einen großen Weihnachtsbaum zu schmücken. Eben stieg der ältere Mann auf eine Leiter, um silbrig glänzende Kugeln an den oberen Zweigen zu befestigen. Die Ampel schaltete auf Grün. Der Kommissar blickte zurück. Diese Familie würde morgen am Heiligen Abend garantiert Freude an einem liebevoll geschmückten Baum haben. Er gab Gas. Er kam weiterhin gut voran, nahm gleich darauf die Abzweigung in Richtung Salzburg. Der Himmel über ihm war bewölkt. Doch durch eine der Wolkenschneisen direkt über den Bergen schimmerten Sterne, einer davon in besonders hellem Glanz.

Er brauchte nicht einmal zwei Stunden. 20 Minuten vor Mitternacht erreichte er die Bundespolizeidirektion. Thomas Brunner erwartete ihn am Eingang im Erdgeschoss.

»Wir haben es erneut überprüft. Mehrmals. Es besteht kein Zweifel. Es dürfte sich genau so abgespielt haben, wie du es sagtest.«

»Wo habt ihr ihn hingebracht?«

»Er ist im Vernehmungsraum im ersten Stock.«

Während sie die Treppe nach oben stiegen, besprachen sie kurz die Vorgehensweise. Brunner öffnete die Tür, ließ Merana den Vortritt. Ja, er erinnert mich an Calimero, dachte Merana. Auch jetzt mit diesem

Gesichtsausdruck. Denn das auffällige Küken mit der Eierschale am Kopf zeigte bisweilen auch eine tief zerfurchte Miene der Unsicherheit.

»Herr Kommissar, Gott sei Dank sind Sie da.« Der junge Mann war aufgesprungen, streckte demonstrativ die Hand zum Gruß aus. Merana ignorierte die Begrüßungsgeste.

»Nehmen Sie bitte wieder Platz, Herr Polz.«

Die Unsicherheit im Gesicht des Gegenübers nahm zu. Langsam ließ Jakob Polz sich auf den Stuhl plumpsen.

»Ich verstehe das alles nicht. Ihre Leute haben mich von zu Hause abgeholt und hierhergebracht, ohne mir einen Grund dafür anzugeben. Aber jetzt sind Sie hier, Herr Kommissar, und werden mir gleich erklären, worum es geht. Oder ist das eine für mich nicht gleich erkennbare Maßnahme zu meinem Schutz? Hat die Befragung von Herrn Kilian Hartgold etwas Zielführendes ergeben? Dass er sich am Abend, als mein Bruder ermordet wurde, ebenfalls in Hellbrunn befand, weiß ich inzwischen. Oder droht mir gar von anderer Seite eine mögliche Gefahr?«

Er blickte den Kommissar mit theatralisch weit aufgerissenen Augen an. Meranas Stimme klang ruhig.

»Von welcher Seite könnte Ihnen denn noch Gefahr drohen, Herr Polz? Etwa durch die Glöckler aus dem Salzkammergut?«

Das war nicht mehr Calimero, der ihn aus der Miene

seines Gegenübers anschaute. Der Blick kündete von plötzlich aufflackernder Wachsamkeit. Der alarmierte Ausdruck der Gesichtszüge erinnerte Merana eher an einen scharf gezeichneten Untergrundhasardeur als an ein gewitztes schwarzes Küken.

»Wie meinen Sie das?«

»So wie ich es sage, Herr Polz. Der Organisator der Glöckler Auftritte war auch an jenem besagten Abend in Hellbrunn. Und Balthasar Flurbrunn ist Ihnen ja gut bekannt. Immerhin trafen Sie ihn am Adventmarkt in Sankt Wolfgang.«

Der junge Mann nickte, vielleicht um eine Spur zu übertrieben, wie es Merana vorkam.

»Ja, und Herr Flurbrunn erschien mir durchaus sympathisch, selbst wenn er wenig Gefallen an den Plänen mit unseren chinesischen Partnern zeigte.«

Merana ließ sich Zeit mit der Entgegnung.

»Er hält übrigens auch große Stücke auf Sie. Er meinte, es wäre gar nicht Ihr Bruder gewesen, der über genug Weitsicht verfügte. Er hielt Sylvester eher für einen Sprücheklopfer, einen Aufschneider, ein Großmaul. Das smarte Hirn hinter all den erfolgreichen Projekten der Agentur seien eher Sie. Und das sind Sie gewiss immer noch. Sonst wäre ja Ihr Mitbewerber Kilian Hartgold wohl nie der Idee verfallen, schon einen Tag nach dem Tod Ihres Bruders mit Ihnen ins Geschäft zu kommen. Dafür ist er Ihnen sogar bis nach Hellbrunn gefolgt.«

Das Flackern in den Augen des anderen wurde stärker.

»Ich verstehe nicht ganz, Herr Kommissar, worauf Sie hinauswollen.«

»Doch, doch, Herr Polz. Sie verstehen mich gut. Ich erzähle Ihnen eine kleine Geschichte.« Merana nahm eine betont gelassene Haltung ein, verschränkte sogar die Finger. »Ich war heute Abend im Pinzgau bei einem vom Publikum mit großer Begeisterung aufgenommenen Weihnachtsspiel. Ich war dort zusammen mit meiner Großmutter, sie wohnt dort. Die Darsteller auf der Bühne gaben sich wirklich allergrößte Mühe. Während ich gedanklich von all den ungeklärten Details des Mordfalles, von all den gewiss rätselhaften, aber ins Leere laufenden Spuren ziemlich abgelenkt war, achtete meine Großmutter ganz genau darauf, was sich vor ihren Augen abspielte. Es ging in dieser Geschichte unter anderem um zwei Brüder aus der Schar der Hirten. Der eine, der größere, war ein Großmaul, ein Besserwisser, einer, dem es dennoch geschickt gelang, immer wieder die Aufmerksamkeit der anderen auf sich zu ziehen. Der jüngere der beiden war der wiffe, der alles durchschaute, der die richtigen Lösungen wusste, sogar den Weg zum Stall in Bethlehem fand. Aber der Kleine stand, wie wir das oft aus der Wirklichkeit kennen, völlig im Schatten des sich ständig prahlerisch produzierenden Bruders.«

Im Gesicht seines Gegenübers begann es zu arbeiten. Offenbar gab Jakob Polz sich Mühe, gelassen zu wirken, was ihm sichtlich nur schwer gelang.

»Ich verstehe nicht ganz, was Sie mit dieser wirklich rührenden Geschichte bezwecken, Herr Kommissar. Falls Sie damit eine Andeutung zum Verhältnis von Sylvester und mir versuchen, darf ich Ihnen sagen, dass mein Bruder und ich eine ausgezeichnete Beziehung zueinander hatten. Das wird Ihnen jeder bestätigen, der uns gut kennt.«

»Nun, wir haben einige Personen dazu befragt, manche sogar erneut in den vergangenen zwei Stunden.« Thomas Brunners Stimme klang ruhig. Erstmals mischte er sich ins Gespräch. »Es wird Sie vielleicht verblüffen, was dabei rauskam. Man muss nur die richtigen Fragen stellen und bei manchen Antworten darauf achten, was an nicht direkt ausgesprochener Haltung mitschwingt. Aber lassen wir das. Wie Sie als geschäftstüchtiger Betreiber einer erfolgreichen Agentur wissen, kommt es ja nicht auf Meinungen und Vermutungen an. Es zählen allein die Fakten.«

Er griff in die Tasche, die er mitgebracht hatte. Daraus zog er ein Tablet und eine kleine Schachtel. Er schaltete das Gerät ein.

»Ich darf Ihnen etwas vorspielen, Herr Polz. Es wird Ihnen bekannt vorkommen, es stammt ja von Ihnen, aufgezeichnet vom Smartphone unseres Ermittlungsleiters.«

Merana konzentrierte sich auf die Miene des jungen Mannes. Der Leiter der Tatortgruppe aktivierte die Play-Funktion. Zunächst war die Stimme des Kommissars zu hören.

*Was machte Ihr Bruder für einen Eindruck, als Sie mit den chinesischen Gästen die Orangerie verließen?*

Vor Meranas Innerem tauchte die Szene aus der Befragung auf. Zunächst hatte Jakob Polz heftig mit den Schultern gezuckt und im selben Moment geweint. Sein Schluchzen war auch in der Aufnahme gut zu hören. Dann hatte er das Gesicht in den Händen verborgen, sich mit der Antwort Zeit gelassen. Die Pause erschien dem Kommissar beim Zuhören länger, als er damals bei der Befragung im Extrazimmer des Schlossrestaurants empfunden hatte. Nach etwa einer Minute war Jakob Polz in der Aufnahme zu hören. Die Stimme flüsterte, sie beantwortete die Frage des Kommissars.

*Einen wunderbaren. Sylvester wirkte so glücklich. Und er lächelte. Ganz so, als würde er sich die fröhliche Miene abschauen, sich ein Beispiel nehmen an den kleinen Figuren im Prunkgewand auf dem Tablett am Nebentisch. Er winkte mir zum Abschied zu, hob sogar den Daumen in die Höhe. Alles schien bestens, und dann …*

Thomas Brunner stoppte die Aufnahme. Beide blickten zu ihrem Gegenüber.

Er weiß es! Merana sah es sofort. Er hatte den jungen Mann nicht aus den Augen gelassen. Es musste wohl gar nicht mehr sein, dass Thomas Brunner langsam die kleine Schachtel öffnete. Jakob Polz wusste auch so, welch entscheidender Fehler ihm passiert war. Es war seiner Miene deutlich abzulesen. Der Tatortgruppenchef nahm dennoch die kleine Figur aus der Schachtel und stellte sie auf den Tisch. Markus Sittikus, der Herr von Hellbrunn, stand in Puppengröße vor Jakob Polz.

Der Renaissancefürst Aug in Aug mit dem Angeklagten.

»Man kann Ihnen dennoch Respekt zollen, Herr Polz, wenn man für detailgenaue, bestens durchdachte grausame Inszenierungen Ihrer Art etwas übrig hat.« Noch immer schlug Thomas Brunner einen ruhigen Tonfall an, als referiere er über eine Skala von Messergebnissen bei einer Technikerkonferenz. Merana überließ weiterhin dem Tatortgruppenleiter das Wort. Seine Augen fixierten weiter den immer blasser werdenden jungen Mann. Er weiß genau, dass wir ihn überführt haben, dachte er. Der alarmierte Ausdruck war längst aus Jakob Polz' Miene verschwunden. Er zeigte keine Spur von Resignation, wie Merana feststellte. Es war eher kindliche Neugierde, mit der er den Ausführungen Thomas Brunners zuhörte.

»Wenn man den heimtückischen Charakter Ihres Spieles mag, dann muss man wohl einräumen, dass die Wahl der Tatwaffe zweifellos ein genialer Schachzug war. Es gibt in all den verwirrenden, rätselhaften

Szenen dieser Inszenierung keinen direkten Hinweis, der unzweifelhaft und eindeutig zu einer bestimmten Person führt. Aber jedes Detail aus Ihrem Spiel schickt die Ermittler in eine ganz bestimmte Richtung. Und dort würden sie schon irgendwie fündig werden. Von der gefundenen Tatwaffe wird bald klar, dass sie eindeutig aus einer bestimmten Schmiedewerkstatt stammt. Der Besitzer dieser Werkstatt ist nicht irgendwer. Er hat einerseits mit den Glöcklern zu tun, andererseits mit den Weihnachtsmärkten rund um den Wolfgangsee. Und für beides zeigen die asiatischen Partner der ›Global Glory‹-Agentur großes Interesse. Derselbe Mann entpuppt sich bei den Nachforschungen der kriminalpolizeilichen Ermittlungen als eindeutiger Gegner dieser lukrativen Pläne, hinter denen Sylvester Polz steckt. Natürlich ist der jüngere Bruder beteiligt, aber der bleibt ja immer eher im Hintergrund. Und dann gibt es noch den anrüchigen Konkurrenten namens Kilian Hartgold. Er verhält sich sonderbar, folgt Ihnen sogar nach Hellbrunn. Dieser Schachzug war so natürlich nicht geplant, aber bietet eine wunderbare Gelegenheit, den bedauernswerten Hartgold stärker in ein fragwürdiges Licht zu bugsieren. Man kann sich von außen nur schwer vorstellen, was Sie das alles an Aufwand allein für die Planung gekostet hat. Es mussten ja alle als mögliche Täter anzuschwärzenden Personen zum richtigen Zeitpunkt am selben Ort sein. Aber Sie haben es geschafft. Und dann ist Ihnen, dem detailverliebten Planer, ausgerechnet das passiert!«

Der Tatortgruppenchef beugte sich vor, griff nach der kleinen Figur, hob sie hoch.

»Ja, der Fürsterzbischof lächelt strahlend. Da bekommt man auch irgendwie mit, wenn er auf einem Tablett etwas abseits am Nebentisch steht. Sie, Herr Polz, sind es gewohnt, bei allem, was Sie tun, großen Einsatz an den Tag zu legen. Auch wenn Sie nur im Hintergrund agieren, muss man im Vordergrund vom detailreichen Spiel in Bann gezogen werden. Je plakativer, desto besser. Es war sicherlich gut gemeint von Ihnen. Aber in einem eher belanglosen Moment der Befragung haben Sie offenbar zur Ausschmückung einer Szene ein fehlerhaftes Bild verwendet.«

Thomas Brunner stellte die Figur wieder ab. Polz starrte weiterhin ins Leere, als gehe ihn das alles gar nichts an.

»Auch beim Weihnachtsspiel in meiner ehemaligen Heimatgemeinde kam der ältere Hirtenspieler zu seiner Strafe, wenngleich zu einer eher unbedeutenden«, übernahm Merana. »Der Esel aus dem Stall zu Bethlehem versetzte ihm einen Tritt in den Hintern. Meine Großmutter erinnerte mich später an eine bestimmte Szene, in welcher der große Prahlhans sich auf besonders affige Art hervortat. Sie bedauerte, dass der Kleine davon nichts mitbekam, sonst hätte er sicher in seiner wiffen Art darauf entsprechend reagiert. Der Große versuchte, sich in Szene zu setzen, indem er etwas nachahmte. Das Mienenspiel des Heiligen Josef. Der Kleine durfte die Szene nicht sehen, weil es in der Rolle des Spiels so festgeschrieben war. Und genau so hätte es in unserem Fall sein sollen. Wir erinnern uns an die Befragung. Ich war quasi in der Rolle des Beobachters. Der Bruder des Mordopfers ließ mich an einer bestimmten Szene teilhaben. Meine Frage war: Wie verhielt sich denn der Bruder beim Abschied? Der jüngere Bruder als Mitspieler dieser Szene ließ mich wissen, dass der größere Bruder beim Abschied so glücklich lächelte wie die kleine Figur im Prunkgewand. Eine solche war tatsächlich in mehrfacher Ausführung auf einem Tablett zu sehen. Aber nicht zu diesem Zeitpunkt.«

Merana nickte seinem Kollegen zu, Thomas Brunner setzte fort.

»Wir haben das nochmals in allen Details überprüft. Niemand aus Ihrer Gruppe wusste von der geplanten Überraschung mit den Markus-Sittikus-Figuren. Auch Sie nicht, Herr Polz. Das hat uns Mario Samalla mehrfach bestätigt. Niemand von Ihnen hatte diese Figuren zuvor gesehen. Eindeutig nachgewiesen ist auch, dass die Servierkraft Amelie Trautner erst gegen 19.45 Uhr das Tablett mit den Figuren in die Orangerie brachte, also eine halbe Stunde, nachdem alle bis auf Ihren Bruder die Orangerie verlassen hatten. Wer kann sich also zu dem Vergleich verleiten lassen, Sylvester Polz hätte gelächelt wie der kleine Mann im Prunkgewand?«

Thomas Brunner sprach nicht weiter. Es war auch so klar. Dass sich die kleinen Erzbischoffiguren in der Orangerie befanden, konnte nur jemand wissen, der nach 19.45 Uhr dort aufgetaucht war. Jakob Polz war ein Fehler unterlaufen. Und jetzt würde er dafür bezahlen. Vermutlich hatte er tatsächlich die große Ablenkung für sein Vorhaben ausgenutzt, die durch den Auftritt der Glöcklergruppe entstanden war. Vielleicht war es auch etwas anders gewesen. Egal, sie würden es herausbekommen. Eines war gewiss. Vor ihnen saß der Mörder von Sylvester Polz. Es war ihm gelungen, den großen Bruder aus dem Weg zu räumen. Endlich stand der Weg offen zu jenem Erfolg, der berechtigterweise aus seiner Sicht nur ihm gehörte. Er hatte großen Aufwand betrieben, jedes Detail des großen Spiels minutiös durchgeplant. Und dann war ihm in seinem Übereifer ein dummer Fehler passiert. *Das Spiel war eben so und nicht anders!*

Merana musste an die Bemerkung der Großmutter denken. Ohne sie hätte er diesen Fall vielleicht nie gelöst. Er stand auf und verließ den Raum. Um das Abführen des Täters würde sich Thomas Brunner kümmern.

Dieses Mal war es nicht so hell wie vor vier Tagen, als er ebenfalls zur nächtlichen Stunde im großen Schlosspark gestanden hatte. Am Himmel zeigten sich mehr Wolken, dafür weniger Sterne. Doch deren schwaches

Glimmen reichte dennoch aus, um die Mauern des Monatsschlössels auf dem schneebedeckten Hellbrunner Berg gut auszumachen.

*Süßer die Glocken nie klingen*
*als zu der Weihnachtszeit,*
*grad als ob Engelein singen,*
*wieder von Frieden und Freud.*

Es war nur wenige Tage her, dass der Chor vor der beeindruckenden Fassade des alten Renaissanceschlosses dieses Lied angestimmt hatte. Merana kam es dennoch vor, als sei das bereits vor einer Ewigkeit geschehen. Viel war inzwischen passiert, sehr viel. Und vor einer Stunde hatten sie endlich den Mörder überführt. Der Fall war gelöst. Merana wandte den Blick vom Hellbrunner Berg ab. Seine Augen streiften langsam durch die Umgebung des vom Schnee bedeckten, glänzenden Parks. Mitternacht war längst vorüber. Heute war Heiliger Abend. In wenigen Stunden würde er sich auf den Weg in den Pinzgau machen, um mit der Großmutter Weihnachten zu feiern. Wieder spürte er tief im Herzen, wie sehr er die kleine weißhaarige Frau liebte. Wie sonst nichts auf der Welt. Langsam wandte er sich nach links, lenkte seine Schritte entlang des Weihers. Dabei griff er in seine Jackentasche, holte etwas daraus hervor. Er hielt auf die mächtige Erscheinung zu, deren Umrisse auch im schwachen Sternenlicht faszinierend wirkten. *Der wahrscheinlich größte Weihnachtsengel Mitteleuropas …* Der stille Bote mit den mächtigen Flügeln und dem schwebenden Kleid ruhte auf seinem Platz zwischen den Weihern. Der Kommissar hob langsam die Hand empor. Zwischen seinen Fingern war deutlich die Figur zu erkennen, der kleine Mann mit dem barocken Prunkgewand. Merana trat ganz nahe an den Engel heran. Dann platzierte er behutsam die Markus-Sittikus-Figur zu Füßen des himmlischen Wesens. Er trat ein paar Schritte zurück, ließ das Bild auf sich wirken. So war es gut. Jetzt konnten sie beide achtgeben, konnten miteinander als aufmerksame Wächter für die an Wundern reiche Anlage von Hellbrunn wirken.

*Wie sie gesungen in seliger Nacht.*
*Glocken mit heiligem Klang,*
*klinget die Erde entlang.*

# ENGLEIN, MORD UND CHRISTBAUMKUGEL

**Notburga**

»Englein.«

»Bedaure, die sind uns leider ausgegangen. Aber wir hätten hier putzige Rentiere, einen wunderbaren Santa Claus-Schlitten, jede Menge Spieluhren mit Märchenschlössern und sehr malerisch wirkendem Schneefall.«

»Englein!«

Die junge Mitarbeiterin hinter dem voll geräumten Ladentisch schüttelte den Lockenkopf.

»Tut mir leid, haben wir derzeit wirklich nicht vorrätig, bekommen wir vielleicht nächste Woche. Darf ich Ihnen inzwischen einen Teddybären anbieten? Oder einen unserer wirklich süßen …«

»Englein!« Die Stimme der Kundin wurde lauter, unmutig. »Das ist mein Name! Ich heiße Englein!«

»Oh, verstehe, tut mir leid …«

Die Frau, die vor einer Minute den Laden betreten hatte, starrte die Verkäuferin böse an. In ihren Augen blitzte es gefährlich. »Was wollen Sie damit sagen?

Haben Sie etwas auszusetzen an meinem Namen, gefällt er Ihnen nicht?«

»Nein, … äh, ich meine ja … gefällt mir sehr gut.« Die Verkäuferin griff sich ins Haar, verstärkte ihr Stammeln durch heftiges Drehen ihrer Locken. »Ich will sagen … äh, das Nein bezog sich auf mein ›tut mir leid‹ und nicht auf Ihren … äh wirklich wunderbaren Namen, sondern auf die Tatsache, dass ich offenbar nicht gleich den Zusammenhang verstanden habe, sondern meinte, Sie seien auf der Suche nach einem …«

»Ich war vorgestern hier bei einem Ihrer Kollegen …«

Die Mitarbeiterin gab ihre Locken frei, klatschte flugs in die Hände.

»Ah, das war bei Herrn Teichmann, der hat heute leider frei.«

»Sehr bedauerlich, wie ich feststellen muss. Er war jedenfalls von äußerster Freundlichkeit und versprach mir, sich um die Beschaffung einer bestimmten Christbaumspitze zu kümmern. Vielleicht können Sie nachschauen, ob die inzwischen eingetroffen ist.«

»Selbstverständlich, Frau … äh … Englein. Wird sofort erledigt.«

Auch wenn der Laden den Eindruck erweckte, als stamme er aus einem früheren Jahrhundert, aus einer längst vergangenen Zeit, angefüllt bis an die Decke mit altem Spielzeug und altmodischem Weihnachtsdekor, so blitzte doch ein hochmoderner PC-Flatscreen auf dem voll geräumten Ladentisch. Er bildete gleichsam den krassen Gegenpol zum verstaubten Weihnachtströdelzeug. Hurtig huschten die Finger der Verkäuferin über die Knöpfe der Tastatur.

»Einen Moment noch, bitte … Ah, hier ist es vermerkt. Kundin: Englein, Notburga. Bestellung: Christbaumspitze, Design 50er-Jahre, Modell gemäß Anlage …« Die junge Frau tauchte hinter dem Flatscreen auf, sagte rasch: »Offenbar sind wir noch nicht fündig geworden, Frau Englein. Ich sehe hier keinen Eintrag, dass die gewünschte Christbaumspitze inzwischen geliefert wurde.«

»Wann ist Herr Teichmann wieder im Geschäft?«

»Ab morgen früh.«

»Gut, dann werde ich morgen wiederkommen. Guten Tag.« Die Frau wandte sich schnell um und steuerte auf den Ausgang zu.

»Hat mich sehr gefreut«, rief ihr die junge Verkäuferin nach. »Auf Wiedersehen, Frau … äh … Notburga Englein.«

Die Kundin warf die Tür zu, heftiger als sie beabsichtigt hatte. Die beiden biedermeierlich anmutenden Engelspuppen über dem Eingang wackelten gehörig.

*Notburga*. Wie sehr sie diesen Namen hasste. Seit ihrer Volksschulzeit. Wer nannte seine Tochter schon *Notburga*? Leute, die mindestens die Hälfte ihres Lebens auf langweiligen Wochenversammlungen, Osterbasars, öden Erstkommunionsfeiern, Adventmärkten, Ausflügen von Pfarrgemeinderatsmitgliedern verbrachten wie ihre Eltern. Notburga, wäh! Der Name stammte von einer Heiligen aus Tirol, einer Patronin von Dienstmägden! Andere nannten ihre Töchter Claudia, Chantal, Jaqueline, Angelina oder zumindest Maria oder Ulrike. Die wurden dann später erfolgreiche Models, viel umjubelte Filmstars oder wenigstens Tatort-Kommissarinnen. Und was hatte sie vorzuzeigen nach gut 35 Jahren auf diesem Planeten? Gelegenheitsjobs bis zum Abwinken, von der Callcenter-Quasseltussi bis zur Vertreterin von öden Heimwerkerkatalogen. Und seit Neuestem hatte sie zu Hause einen Wisch hängen, auf dem stand in Großbuchstaben »Lizenz«. Nächtelang hatte sie dafür gebüffelt, über Monate! Sündteure Detektivausbildung im Fernstudium! Dreimal hätte sie den ganzen Krempel fast hingeschmissen, es aber dann doch geschafft. Und genau darauf hatte Tante Martha auch angespielt, bei ihrem Telefonat vor einigen Tagen. Die Gute war völlig aufgelöst, weil ihr bei Umräumungsarbeiten im Keller die Schachtel mit dem Weihnachtsschmuck auf den Betonboden geknallt war. Die meisten der zerbrechlichen Baumanhänger hatten den Sturz im Karton wie durch ein Wunder unbeschadet überstanden. Aber bedauerlicherweise nicht die silberne Christbaumspitze. An der hing Tante Martha besonders. Und das seit ihrer Kindheit. Die Spitze hatte Marthas geliebter Papi seinerzeit auf den ersten Weihnachtsbaum gesetzt, den in der Salzburger Altstadt nahe am Dom erstanden zu haben, die gesamte Familie mit großem Stolz erfüllte. Das war Mitte der 1950er-Jahre gewesen. Notburga war nach Tante Marthas Anruf auch gleich zu ihr gefahren. Martha hatte die zersplitterten Teile des Schmuckstücks auf der Samtunterlage des Wohnzimmertisches ausgebreitet. Es bestand kein Zweifel, das war auf den ersten Blick zu erkennen. Der altertümliche Spitz war nicht mehr zu retten. Vielleicht konnte man ein ähnliches Stück besorgen.

»Nein, nicht einfach etwas Ähnliches! Ich bin felsenfest davon überzeugt, dass irgendwo noch ein Originalexemplar dieser wunderbaren Spitze zu finden ist, vielleicht gibt es sogar noch mehrere davon. Das herauszufinden, wird für dich ja wohl ein geringes Problem sein, geliebte Nichte! Immerhin nennst du dich ja seit einem halben Jahr Detektivin. Die nicht gerade bescheidenen Kosten für dein Fernstudium werden ja wohl nicht völlig umsonst gewesen sein, Notburga. Also bitte, streng dich ein wenig an und finde die wunderbare alte Christbaumspitze für deine geliebte Tante.«

Notburga hatte versprochen zu unternehmen, was ihr nur möglich war. Was blieb ihr auch anderes übrig? Immerhin hatte Tante Martha ihr fast das gesamte Fernstudium finanziert. Und auch sonst steckte das gute alte Tantchen ihr beizeiten den einen oder anderen größeren Geldschein zu. Notburga wollte die zerbrochenen Teile mitnehmen, aber da hatte Tante Martha etwas dagegen. Ihre über alles geliebte Christbaumspitze käme ihr nicht aus dem Haus! Auch nicht in Stücken. »Das wäre ja noch schöner! Als Detektivin wird dir wohl einfallen, wie du es auch so schaffst!«

Also hatte Notburga die zerbrochenen Teile auf dem Samttuch halbwegs geordnet und einige Aufnahmen mit dem Handy gemacht. Zwei der vier Silberglöcklein am unteren bauchigen Ende des Schmuckstücks waren einigermaßen ganz geblieben. Und auch den singenden Engel, der ganz oben die Spitze zierte, bekam sie halbwegs hin. Für die Aufnahme hatte es gereicht.

Noch am selben Nachmittag hatte sie das ihr passend erscheinende Geschäft im Norden der Stadt entdeckt. »Weihnachtsträume«, versprach das große Schild mit den geschwungenen Buchstaben über der Eingangstür. Im Inneren lernte sie Herrn Teichmann kennen, und der versprach ihr, umgehend eine Reihe von Geschäftspartnern zu kontaktieren, die ebenfalls auf Weihnachtsschmuckstücke früherer Jahrzehnte spezialisiert waren.

Notburga blickte zum Geschäftseingang zurück. Vielleicht hatte sie morgen mehr Glück, wenn der ihr freundlich entgegenkommende Verkäufer wieder im Laden war.

Sie warf einen Blick auf die Uhr und erschrak. Schon so spät? Sie musste sich beeilen. Sie rannte zu ihrem Auto. Es gelang ihr, sich schnell in den dichten Verkehr einzuordnen. Wenn sie Glück hatte, schaffte sie es noch rechtzeitig zu ihrem Termin. Sie wollte auf keinen Fall zu spät kommen. Schon bei der ersten Begegnung einen schlechten Eindruck zu vermitteln, das hatte sie zu oft erlebt. Was war in ihrem Leben nicht schon alles in die Brüche gegangen, bevor es überhaupt richtig begann? Das in sie gesetzte Vertrauen von Vorgesetzten. Unzählige Jobs. Und dann erst die endlose Reihe unglücklicher Beziehungen. Sie und Männer, das war eine einzige Geschichte von heillosen Katastrophen! Sie wechselte die Spur, schaffte es auf die mittlere Fahrbahn. Auf dem Dachträger des stattlichen Geländeautos vor ihr wippte ein großer Tannenbaum, festgebunden mit dunklen Gurten. Zwei Kinder schauten aus dem Wageninneren zu ihr nach hinten. Sie winkten ihr zu. Der Bub hielt eine kleine Weihnachtsmannpuppe in der Hand. Sie winkte zurück. An der nächsten Kreuzung musste sie abbiegen. Es war Gott sei Dank nicht mehr weit. In der Ferne waren bereits die Umrisse des Einkaufscenters zu erkennen. Fünf Minuten später hatte sie es erreicht. Sie lenkte ihren Wagen in die Tiefgarage, stieg aus und nahm den Lift nach oben. »Herzlich willkommen im Splesh!«, stand in dicken Lettern im Innern der Aufzugskabine. Sie stieg aus. Sofort wurde ihr Blick von der nächsten knalligen Ankündigung angezogen. Silberfarbene und goldfarbene Lettern, überdimensional groß, verziert mit einem pausbackigen Engelsgesicht. »Was immer du dir vom Christkind wünschst, wir haben es!«

Sie musste unwillkürlich lachen. Ja ja, die alte Geschichte vom hilfsbereiten Christkind. Die hatte schon in der Kindheit nicht funktioniert. Zumindest nicht bei ihr. Auch später nicht. Dennoch hatte sie unbeirrt Brieflein um Brieflein an das Christkind verfasst. Auch wenn ihre Wünsche nie erfüllt wurden, schrieb sie unverdrossen weiter. Selbst als sie längst nicht mehr ans Christkind geglaubt hatte und wusste, dass kein himmlisches Kind mit seiner hilfsbereiten Engelsschar unterwegs war, um geheime Wünsche zu erfüllen, hatte sie nicht aufgegeben. Sie hatte weiterhin Jahr für Jahr kleine handgeschriebene Zettel aufs Fensterbrett gelegt. Und das bis heute. Sie lächelte erneut, als sie an den Zettel dachte, den sie vor wenigen Tagen zu Hause auf die Fensterbank platziert hatte. Ihre Verwunderung war am nächsten Tag groß gewesen. Der Zettel war tatsächlich nicht mehr da! Vielleicht ist er nur hinuntergefallen, hatte sie sofort gedacht und alles abgesucht. Keine Spur. Vielleicht hatte sie sich alles auch nur eingebildet und am Abend davor gar kein Wunschbrieflein verfasst. Immerhin lagen in der Küche zwei leere Rotweinflaschen, deren Inhalt sie am Abend zuvor geleert hatte. Ganz alleine. Also vielleicht gar keinen Wunschzettel geschrieben, dafür jede Menge Rotwein gebechert. Zwei Stunden später war dann der Anruf gekommen, aus dem Einkaufscenter Splesh. Und deswegen war sie jetzt hier.

»Guten Tag, mein Name ist Englein. Ich habe einen Termin beim Centermanager, Herrn Artberg.« Die

Frau am Info-Schalter trug einen knallroten Rentier-
haarreifen.

Ihre Wangen waren mit kleinen Silbersternen übersät.

»Herzlich willkommen, Frau Englein, ich melde
Sie gleich an.« Sie tippte etwas in den PC. Dann sagte
sie mit flötender Stimme: »Herr Artberg erwartet
Sie. Bitte fahren Sie mit der Rolltreppe in das obere
Geschoss. Sie nehmen dann links die Glastür zum
Extrakorridor. Dort finden Sie das Büro. Und jetzt,
liebe Frau Englein, darf ich Ihnen schon eine fröhli-
che und mega-spleshige Weihnachtszeit wünschen!«

Notburga bedankte sich und hielt Ausschau nach
der Rolltreppe. *Mega-spleshige Weihnachtszeit!* Der
Spruch ergab zwar keinen Sinn, aber er klang zumindest peppig. In diesem Konsumtempel war ohnehin
alles *mega-spleshig*, wie sie feststellte, während sie auf
der Rolltreppe nach oben fuhr. Die Ausstellungsstücke
in der Weihnachtsdekorabteilung und auch die Reihe
der Waschmaschinen gleich dahinter. Alles mega-spleshig. Und auch ein gewisser Englein-Rabatt wurde dermaßen angepriesen. Um den ging es offenbar morgen
bei einer Bühnenshow um 13 Uhr, wie sie einer weiteren knalligen Digitalanzeige entnahm, als sie endlich
die Verkaufsgalerie im ersten Stock erreichte. Nach
kurzem Suchen entdeckte sie die angekündigte Glas-
tür auf der linken Seite. Oberhalb der Tür prangte eine
Leuchtuhr. Sie war vier Minuten zu spät. Eine derart

geringe Verzögerung lag hoffentlich noch im Toleranz-bereich des Centermanagers. Sie hastete auf die Glas-tür zu, bog in den Korridor ein. Sie hatte immer davon geträumt, irgendwann einmal im Rampenlicht zu stehen. Vielleicht nicht gerade bei einer großen Bühnenshow, aber sie wollte zumindest Anerkennung finden. Und zwar durch das, was sie war. Deshalb hatte sie sich auch das berserkerhafte Büffeln angetan. Sie hoffte immer noch, vielleicht auf diesem Weg endlich den rechten Platz im Leben zu finden, an dem sie von allen akzeptiert wurde. Sie hatte davon geträumt, als Privatdetektivin bald an einen spektakulären Fall zu kommen, einen Juwelendiebstahl, eine Promi-Entführung oder gar an einen Mord. Und dann würde sie mit Bravour den Fall lösen. Dann hätte sie es endlich geschafft. Schon zwei Tage nach Erreichen der Lizenz bekam sie den ersten Fall. Keine Entführung, kein Mord. Nein, sie sollte eine verschwundene Briefmarkensammlung wiederfinden. Immerhin gelang ihr das. Die Sammlung war allerdings nicht geraubt, sondern nur verlegt gewesen. Daraufhin passierte drei Wochen gar nichts. Dann hatte sie noch einen entlaufenen Dackel und einen verschwundenen Ehemann aufgestöbert. Das war es gewesen an spektakulären Fällen. Notburga erreichte das Ende des Korridors und atmete tief durch.

»Fridolin Artberg, Centermanager«, stand an der weißen Tür. Also dann, keine Promi-Entführung, in die man sie einband, kein spektakulärer Juwelenfund, mit dem man sie beauftragte. Jetzt bewarb sie sich um den Posten einer simplen Warenhaus-Detektivin. Die Stellung war zumindest nicht schlecht bezahlt. Sie konnte das Geld dringend gebrauchen. Falls sie den Job überhaupt bekam. Der Brief ans Christkind fiel ihr wieder ein. In dem hatte zwar etwas völlig anderes gestanden. Aber jetzt war sie immerhin hier, um die Chance zu ergreifen.

»Herein.« Die Stimme, die sie aus dem Inneren vernahm, klang zumindest freundlich. Sie drückte die Klinke.


Das Gespräch dauerte gut 20 Minuten. Und der sympathische Eindruck, den Notburga vom Mann hinter dem ausladenden Schreibtisch beim Eintritt gewonnen hatte, wurde im Verlauf der Unterredung stärker. Sie trank in der knappen halben Stunde zwei Tassen Espresso und genoss einige ausgezeichnete Stücke an Weihnachtsgebäck. Beides servierte ihr der Manager höchstpersönlich. »Sie dürfen sich gerne ein Säckchen Süßigkeiten aus unserer Konditorei mit nach Hause nehmen. Eine Kostprobe unserer wohldurchdachten Weihnachtsgebäckauswahl steht allen Mitarbeitern zu. Und ich gehe sehr davon aus, Sie werden nach unserem Gespräch zum Kreis unserer Mitarbeiter gehören.« Notburga nahm den freundlichen Hinweis mit Wohlwollen zur Kenntnis. Selbstverständlich hatte sie sich im Lauf des gestrigen Tages noch eingehend im

Internet darüber informiert, welche Anforderungen an einen Warenhausdetektiv gestellt wurden. Sie hatte alles gelesen über reichliche Erfahrungen im Sicherheitsdienst, über das Erstellen von Statistiken für die Geschäftsleitung, verdeckte Methoden der Diebstahlsüberwachung, die Beobachtung von verdächtigen Vorgängen auf direktem Weg oder mittels Videoüberwachung, das Einschreiten im Tatfall bei gleichzeitiger strenger Einhaltung allergrößter Diskretion. Großen Wert legte man offenbar auch auf höchste Kooperationsbereitschaft im Falle der Anforderung polizeidienstlicher Hilfe. Gefragt waren auch permanente Vorschläge zur Warensicherung und erfolgreiche Maßnahmen zur Diebstahlsprävention. Das Anforderungsprofil war beträchtlich. Sie hatte sich wirklich alles reingezogen, Detail für Detail. Aber nichts davon brauchte sie jetzt, während sie ihren Kaffee genoss, an den Süßigkeiten naschte und den Ausführungen ihres Gegenübers lauschte. Der Centermanager fragte sie lediglich nach ihren Hobbys, wollte mehrmals wissen, wie es ihr gehe, fragte nach, ob er ihr noch einen Espresso reichen dürfe. Seine Stimme klang dunkel, angenehm, vertraulich.

»Ich setze sehr auf Teamplay. Nur gemeinsam können wir das Beste erreichen. Es geht in erster Linie nicht um die günstigsten Angebote in unserer Warenpalette. Nein, der größte mega-spleshige Schatz, den wir haben, ist allein die Vielzahl der engagierten Mitarbeiter. Und ich würde mich sehr freuen, wenn Sie ab sofort dazugehören. Ich werde Sie nach unserem Gespräch an unseren Herrn Schott weiterreichen. Kevin Schott war zwei Jahre bei uns als Doorman tätig und leitet seit Mitte Juli die Gruppe unseres Sicherheitspersonals. Ende des Jahres wird er uns verlassen. Sie könnten dann seinen Leiterposten übernehmen.« Er öffnete eine der Schreibtischschubladen, reichte ihr ein schmales Metallgerät. »Ich darf Ihnen hier Ihren Pager überreichen. Damit kann ich Sie auf direktem Weg erreichen, wenn ich Sie brauche.« Er entnahm der Schublade einen weiteren Stick von hellerer Farbe, drückte auf eine Taste. Sofort war an Notburgas Gerät ein markanter Piepton zu hören.

»Und jetzt darf ich Sie noch kurz mit unserem elektronischen Überwachungssystem vertraut machen.« Er bot ihr mit einer Handbewegung einen Platz an seiner Seite. Somit hatte sie den Blick frei auf den großen Screen. Das Internet sei seine Leidenschaft, betonte der Manager mehrmals. Er schätzte die Vielzahl an Möglichkeiten, die sich durch digitale Systeme generell ergaben. »Unser Kamerasystem im gesamten Center ist selbstverständlich auf dem allerneuesten Stand. Aber alles lässt sich auch damit nicht aufklären. Man muss stets achtsam sein, der auftretenden Unregelmäßigkeiten und Abweichungen gewahr werden und gegebenenfalls in diese Richtung weiterforschen.« Er erzählte ihr von einer Begebenheit, die ihm vor einigen Monaten aufgefallen war. Eine der Kassiererinnen, die jüngste im Team, hatte plötzlich begonnen, sich immer als Letzte von ihrem Arbeitsplatz abzumelden. »Emily hatte schon, so wie die Kolleginnen, ihre Kassa um 19 Uhr geschlossen und korrekt abgerechnet. Aber endgültig abgemeldet von ihrem Platz hatte sie sich stets viel später. Manchmal sogar 20 Minuten später als alle anderen. Mir fiel diese Abweichung vom Schema sofort auf. Eines Abends wollte ich nachschauen, was der Grund dafür war, dass die gute Emily erst so spät ihren Arbeitsplatz verließ.«

»Jetzt bin ich aber sehr gespannt, Herr Artberg.«

»Es handelte sich um die einfachste Sache der Welt. Was konnte eine junge Frau so brennend interessieren? Ganz einfach, ein junger Mann. Gleich neben dem Kasseneingangsbereich im Erdgeschoss befindet sich unsere Floristen-Ecke. Und dort gab es seit Kurzem einen jungen, sehr attraktiv aussehenden Mitarbeiter. Und unsere gute Emily begann Abend für Abend mit dem feschen Florian zu flirten, während der nach Geschäftsschluss seine Blumen versorgte. So einfach war das. Aber man muss schon ein wenig nachforschen, um dahinterzukommen. Dann wird klar, worin der tatsächliche Grund für gewisse Abweichungen liegt.«

Sie ließ sich vom Centermanager noch zeigen, wie sie selbst auf jeder Etage die Hauptkameras aus der Ferne bedienen und steuern konnte. Dann war sie entlassen. Bevor sie hinausging, drehte sie sich an der Tür um.

»Ich habe mich über den Anruf aus dem Einkaufscenter wirklich sehr gefreut, Herr Artberg. Aber wie sind Sie eigentlich auf mich gekommen?«

Er lachte. »Natürlich über das Internet.«

Sie wiegte den Kopf.

»Aber dort findet man eine wirklich große Zahl an Detekteien. Nicht wenige davon sind sehr prominent und äußerst erfolgreich. Allein deren Websites sind um einiges professioneller gestaltet als meine.«

»Ja, das ist zweifellos der Fall.« Sein Lächeln verstärkte sich. »Aber wie ich Ihnen schon sagte. Ich achte sehr auf Abweichungen von der Norm. Und wenn ich dabei gar auf etwas sehr Originelles stoße, dann freue ich mich.«

»Sie sind im Zusammenhang mit mir auf etwas Originelles gestoßen?«

»Ja, mir hat einfach Ihr Name gefallen. Ich dachte, das passt zu uns. Gerade in der Vorweihnachtszeit. In diesem Sinne wünsche ich Ihnen alles Gute für unsere Zusammenarbeit, Frau Englein.«

✳

## Raphael

»Als was?« Die Stimme des Mannes schwoll an. Die Augen wurden riesig, drohten fast herauszufallen.

»Als Englein.«

»Bist du jetzt komplett verrückt geworden? Ich glaube, ich höre wohl nicht richtig!«

Der andere verzog das Gesicht zu einem breiten Grinsen. Seine Stimme blieb ruhig, klang belustigt.

»Nein, mein Lieber, du hast mich völlig richtig verstanden. Ich sagte, als Englein.«

Der Schrei, den der andere ausstieß, hätte jedem Elch in der Brunftzeit zur Ehre gereicht.

»Englein?« Der Mann holte aus, klopfte sich mächtig auf die Brust. »He, ich bin es! Wisch dir den Schotter aus den Augen und sieh mich richtig an, Ottokar. Ich bin es, Raphael, immer noch 1,95 Meter groß mit fast 130 Kilo auf der Waage! Meine Haare sind kohlrabenschwarz, mein Bauch ist wuchtig, und meine Oberarme sind muskelbepackt, wie man sieht. Ich habe allenfalls Ähnlichkeit mit einem völlig verwilderten Riesenwaldschrat, der grimmig durch verschneite sibirische Wälder stapft, aber ganz sicher erinnert nichts an mir an ein Englein.«

»Doch, doch, lieber Raphael. Du bist genau der Richtige.«

Der Riesenkerl streckte die wuchtigen Arme aus, packte den anderen an der Schulter, schüttelte ihn ein wenig. »He, Mann, wach auf! Was spielst du hier für ein sonderbares Theater, Ottokar? Ich bin zu dir gekommen, zu meinem alten Kumpel, und wollte dich lediglich um einen kleinen Gefallen ersuchen. Ob du mir vielleicht für zwei Tage Unterschlupf bieten könntest. Möglicherweise auch für etwas länger, weil Gefahr besteht, dass die serbische Mafia hinter mir her ist. Und was höre ich von dir? Du willst aus mir was machen?«

»Ein Englein. Und glaub mir, geschätzter Raphael, du passt hervorragend dafür. Es geht um eine Weihnachtsaktion für das Einkaufscenter Splesh. Die inszenieren dort ein Spiel mit Publikum, sie nennen es Englein-Rabatt. Dazu brauchen sie ein ganz kleines Englein und ein etwas größeres, also genau genommen ein sehr großes Englein, eine wirklich vehemente Erscheinung. Ich hatte auch schon den idealen Kandidaten dafür, Arnie Brauntal. Vielleicht kennst du den zufällig. Er heißt eigentlich Leopold Brauntal. Er ist Bautruppleiter bei der Stadtverwaltung. Ein Kerl, stark wie ein Stier und außerdem ein leidenschaftlicher Bodybuilder. Deshalb nennen ihn auch alle Arnie. Und er hat, das muss ich zugeben, tatsächlich eine gewisse Ähnlichkeit mit Herrn Schwarzenegger.«

»Vielleicht sollte man ihn dann besser Conan nennen, den Herrn Brauntal. Conan ist immerhin ein Hackler, Sohn eines Schmiedes, so viel ich mich erinnere, passt wesentlich besser zu einem Bautruppführer.«

»Ich werde ihm das gerne vorschlagen. Jedenfalls rief der gute Arnie mich vor einer Stunde an. Er müsse den vereinbarten Auftritt leider absagen. Er habe sich beim Morgentraining das Kreuz dermaßen verrissen, dass er kaum mehr aufrecht gehen, geschweige denn in die Rolle eines Englein schlüpfen könne. Die Show im Splesh soll heute um 13 Uhr über die Bühne gehen. Wo finde ich auf die Schnelle einen geeigneten Ersatz? Meine Verzweiflung steigt. Und was passierte dann? Es läutet an meiner Tür. Und draußen steht mein alter Kumpel Raphael! Das ist ein Geschenk des Himmels, kein Zweifel.«

»Ich bin kein Geschenk des Himmels, Ottokar. Ich bin gekommen, damit du mir hilfst, mich zu verstecken. Vor der serbischen Mafia!«

»Das machen wir auch. Wo wird die serbische Mafia dich suchen? Möglicherweise überall, aber ganz sicher nicht in der Weihnachtsabteilung des Einkaufscenters Splesh, wo du bestens geschminkt und kostümiert als niedliches Englein auf der Bühne stehst.« Erneut stieß der andere einen Schrei aus, der an einen brunftigen Elch erinnerte. Aber nicht mehr so heftig wie zuvor. Es dauerte, bis Ottokar Plätsch seinen plötzlich erschienenen Überraschungsgast endlich so weit hatte. Ottokar leitete seit drei Jahren die Ein-Mann-Eventagentur »Happy Plätsch«. Das Englein-Casting für das Einkaufscenter zu organisieren, sah er als große Chance für möglicherweise weitere lukrative Aufträge in diese Richtung.

Der völlig überrumpelte Raphael Quass startete die eine oder andere entrüstete Bemerkung. »Da komme ich einmal zu dir, um dich um einen winzig kleinen Gefallen zu bitten. Und was machst du?« Einwände dieser Art waren allerdings von keinem besonderen Erfolg gekrönt. Ottokar konterte sofort, dass sein Gegenüber nicht einmal wegen eines erbetenen Gefallens bei ihm erscheine, sondern gewiss schon zum hundertsten Mal. Dann erläuterte er im Schnelldurchgang, aus wie vielen peinlichen Situationen er seinen Kumpel Raphael schon gerettet hatte. Und das seit der gemeinsamen Schulzeit bis heute. Das hatte ihn jedes Mal viel Zeit gekostet, und meistens auch eine Stange Geld. »Und jetzt ist es also die serbische Mafia. Wie bist du zu der gekommen, mein lieber Raphael?«

Der andere winkte ab. »Ist eine lange Geschichte. Ich hab vor einem halben Jahr bei meinem Kumpel Torsten in dessen Bar ausgeholfen.«

»Wieder einer deiner berühmten Gelegenheitsjobs, bei denen du regelmäßig auf die Nase fällst? Du bist einerseits zwar nicht blöd, Raphael, aber andererseits viel zu gutmütig. Jeder nützt dich nur aus.«

Wieder hob der andere matt die Hand. »Wie auch immer. Eines Tages waren drei Typen in der Bar und haben sich unterhalten. Auf Serbisch.«

»Und das beherrschst du?«

»Ich verstehe einiges leidlich, immerhin habe ich ein halbes Jahr in Belgrad gejobbt. In einem Pizzageschäft. Das ist eine eigene Geschichte, doch davon ein andermal mehr.«

»Worüber haben die drei sich unterhalten?«

»Soviel ich verstand, ging es um irgendeinen Überfall. Ich bin dann raus auf die Straße, habe die Polizei angerufen.«

»Ich verstehe, Raphael, der Gutmensch, Retter der Welt.«

»Als die drei die Bar verließen, wurden sie draußen von den Beamten erwartet.

Ich weiß gar nicht, was daraus geworden ist. Aber gestern hat mich Torsten kontaktiert. Einer der drei sei in seiner Bar aufgetaucht und habe sich besonders intensiv umgeschaut, als suche er wen.«

»Na klar, dich.«

»Vielleicht, vielleicht auch nicht. Jedenfalls finde ich es besser, für eine Weile unterzutauchen.«

»Dann komm mit. Ich lasse dich gleich in ein putziges Weihnachtsenglein verwandeln. Völlig unserbisch, dafür mega-spleshig.«

Eine Stunde später bereute Raphael längst, dass er sich von seinem Kumpel zu diesem Irrsinn hatte überreden lassen. Das läppische Engeleinkostüm war viel zu klein, spannte gehörig um den Bauch. Dafür waren die immensen Flügel viel zu groß. Sie baumelten auf seinem Rücken, als wären dort zwei Riesenfalter notgelandet. Die glitzernde Silberschminke, mit der man ihm die Wangen beschmierte, ließ er noch zu. Aber als ihm die geschäftige Kostümbildnerin eine blonde Wuschelperücke über den Kopf ziehen wollte, legte er entschieden Protest ein.

»Das kommt gar nicht in Frage. Entweder ihr akzeptiert hier, dass der große Engel einen schwarz gelockten Schädel hat, oder wir lassen das Ganze bleiben.«

Man akzeptierte es. Dieser Etappensieg vermochte ihn auch nicht zu überzeugen. Dann lernte er das kleine Englein kennen. Wenigstens verstand er sich mit diesem putzigen Kerl auf Anhieb. Der Bub, der im Kostüm steckte, hieß Matteo, war neun Jahre alt und war, wie er erzählte, begeisterter Fußballer in der Knabenmannschaft des Vereins, in dem auch sein Vater spielte. Und wie Raphael bald bemerkte, trug Matteo seinen Nachnamen nicht zufällig. Er hieß nicht nur Wiff, er erwies sich auch als schlaues Kerlchen. Raphael war aus Ottokars Bemerkungen während der Anfahrt nicht so recht klug geworden, worum es bei der Aktion genau ging. Doch der wiffe Matteo vermochte ihm Sinn und Ablauf des Spieles in wenigen anschaulichen Sätzen zu erklären.

Bei der Show sollte in jeder Runde immer ein bestimmter Artikel aus dem Angebot des Centers vorgestellt werden. Das konnte eine Langlaufausrüstung sein, aber auch eine hübsche Puppenküche, ein Schmuckset für den Christbaum genauso wie ein hochmodernes TV-Gerät. Der große Engel, also er, hatte dann auf der Bühne zu erscheinen und ein Schild hochzuhalten. Darauf stand der im Verkaufsangebot übliche Normalpreis. Darauf würden die Zuschauer beginnen, den großen Engel zu überreden, er möge doch den Preis senken. Sie sollten einiges unternehmen, damit der Englein-Rabatt wirksam würde. Ob sie den großen Engel nur umschmeichelten, ihn vielleicht sogar mit dem Singen von Weihnachtsliedern bezirzten oder ihn mit Gegenständen bewarfen, etwa mit Kunststoff-Schneebällen, das blieb den Zuschauern überlassen. Der große Engel hatte forsch zu wirken. Er blieb uneinsichtig. Bald darauf erklang die Rabatt-Fanfare. Das war das Zeichen für das kleine Englein. Dann erschien Matteo mit einem weiteren Schild. Auf dem stand nun der wesentlich geringere Preis zu lesen, weihnachtlich gesenkt, also einfach mega-spleshig.

»Na, dann kann ich dich ja jetzt alleine lassen. Wie ich merke, bist du bei Matteo gut aufgehoben.« Ottokar reichte beiden die Hand. »Bis zum Beginn der Show bin ich wieder da. Bitte vergiss nicht, Raphael, dass dich der Centermanager kurz sprechen will.« Er fasste in die mitgeführte Tasche. »Hier habe ich noch etwas für dich.« Er zog etwas Goldenes hervor, drückte es Raphael in die Hand. Der Gegenstand war flach und leicht gekrümmt, sah aus wie ein Halbmond.

»Was soll ich damit?«

»Behalte diese Mondsichel bei dir. Da ist eine kleine Kamera installiert. Wenn dir etwas Besonderes auffällt, nimm es bitte auf. Das ist wichtig für mich für die Nachbesprechung. Ich bin sicher, es lässt sich etwas verbessern für die weiteren Auftritte.«

Raphael starrte den anderen grimmig an, strich mit den mächtigen Pranken über das Kostüm. »Dieses Gewand hat keine Tasche!«

»Macht nichts. Englein halten manchmal glitzernde Sterne in der Hand, warum nicht auch eine leuchtende

Mondsichel. Das wird schon passen.« Er sprang auf und verschwand in Richtung Ausgang.

Raphael schnaufte durch, knurrte, zerbiss einen Fluch zwischen den Zähnen. Dürfen Engel fluchen?, fragte er sich. Wenn sie als ausgewiesene Idioten mit hochgehaltenen Preisschildern über die Bühne eines Einkaufscenters trampeln, vermutlich schon.

»Das wird eine Katastrophe! Ich hätte mich nie darauf einlassen sollen.«

»Hey, Raphi, sei nicht so miesepetrig. Glaub daran, das wird cool!« Der kleine Kerl boxte ihm sanft und vertrauensvoll in die Seite. »Du schaffst das schon!« Matteos Augen leuchteten zuversichtlich.

»Du kennst mich nicht, mein kleiner Freund. Ich werde das voll verhauen und werde zudem in diesem doofen Kostüm den blödesten Eindruck machen.«

»He, du stellst genauso wie ich ein himmlisches Wesen dar. Von den Engeln kann man einiges lernen. Zum Beispiel Vertrauen und Mut. Wo bleibt deine Engels-Zuversicht?«

»Ich habe mit Engeln leider nichts am Hut.«

»Am Hut vielleicht nicht, aber immerhin im Namen.«

Raphael stutzte. Daran hatte ihn schon lange niemand mehr erinnert. Wahrscheinlich seit seiner Schulzeit nicht.

»Dass ausgerechnet ich einen Erzengel im Namen trage, ist völliger Zufall. Das bedeutet gar nichts. So etwas solltest lieber du haben.«

»Habe ich auch. Im zweiten Vornamen. Da
heiße ich Gabriel.« Er grinste übers ganze Gesicht.
Raphael mochte den kleinen Kerl. Und jetzt freute
er sich doch darauf, mit ihm aufzutreten. Aber zuvor
musste er zum Centermanager. Er verließ das Zimmer. Das Büro lag im selben Korridor, nicht allzu
weit entfernt.

»Ich habe gleich Zeit für Sie«, begrüßte ihn der
Mann hinter dem Schreibtisch und setzte seine offenbar dringende Arbeit am PC fort. »Nehmen Sie sich
bitte einen Kaffee. Die Maschine steht dort an der
Wand. Und bitte bereiten Sie auch für mich einen
Espresso zu.« Raphael wandte sich nach links, um
das Gewünschte zu erledigen. Er bemerkte, dass er
den dämlichen Halbmond umklammert hielt. Damit
würde er nicht weit kommen. Gleich neben dem Kaf-
feeautomaten waren einige Weihnachtskartons auf-
gestapelt. Er knallte den Halbmond auf den Deckel
der obersten Schachtel. Endlich hatte er die Hände
frei. Er griff nach den Tassen, langte nach den dunkel gefärbten Kapseln und machte sich ans Werk.
Gleich darauf stellte er die dampfenden Tassen auf
den Büroschreibtisch und nahm Platz.

»Vielleicht möchten Sie auch einige Kostproben
von unserer ausgewählten Weihnachtsbäckerei. Die
sind dort drüben.« Der Manager fuchtelte mit der
Hand zur gegenüberliegenden Wandseite. »Die haben
unserer neuen Warenhausdetektivin, die gestern bei

mir war, außerordentlich gut geschmeckt. Vielleicht munden sie auch Ihnen.«

Er bedankte sich. Ihm war nicht nach Backwerk. Er wollte alles so schnell wie möglich hinter sich bringen.

»Herr Plätsch hat mich verständigt, dass Herr Brauntal durch einen bedauerlichen Zwischenfall kurzfristig absagen musste. Wir schätzen uns sehr glücklich, Herr Quass, dass Sie ohne zu zögern und mit großer Freude, wie mir Herr Plätsch versicherte, die Rolle übernehmen. Dafür danke ich Ihnen sehr.«

Nur mit Mühe unterdrückte Raphael ein lautes Knurren. Welche Flunkereien hatte Ottokar da wieder aufgetischt? »Ohne zu zögern und mit großer Freude«? Totaler Blödsinn! Schon als sie in der Tiefgarage aus dem Auto stiegen und mit der Rolltreppe nach oben fuhren, hätte er am liebsten kehrtgemacht.

Alles in diesem Schuppen war ihm viel zu laut, zu grell, zu aufdringlich. Das reichte von den hässlich knalligen Weihnachtsdekorationen bis hin zum dämlichen Fröhlichkeitsgrinsen in den Gesichtern der Mitarbeiter. Und als ihm ein schmalbrüstiger Kerl im viel zu großen Weihnachtsmannkostüm auch noch mit laut gegrunztem »Ho, Ho, Ho« einen doppelten Rentierkopfschmuck andrehen wollte, »Für Sie und Ihr Haustier!«, hätte er am liebsten auf der Stelle wild um sich geschlagen. Aber Ottokar hatte ihn eisern am Arm gehalten und unverdrossen durch den potthässlichen, an jeder Biegung mit grässlichem Silber- und Goldaufputz voll gestopften Konsumtempel gelotst. Und dann erst diese grässliche Musik, die sie hier spielten! Irgendein dämlicher Klingeling-Song über Feliz Navidad auf Spanisch hatte sich schon im Erdgeschoss in sein Ohr gejault, gefolgt vom klapprigen Gesäusel einer deutschen Schlagertante, die von zur Krippe kommenden Kinderlein sabberte. Nicht auszuhalten! Konnten die in diesem verdammten Laden nicht etwas Ordentliches spielen? Den Megahit von Wham zum Beispiel? *Last Christmas, I gave you my heart* … Er liebte diesen Song. Manchmal hielt er die grässlichen Tage der völlig überdrehten Vorweihnachtszeit nur dann aus, wenn er sich mindestens fünfmal am Tag »Last Christmas« reinzog.

Er hörte dem Centermanager zu, ließ ihn noch irgendetwas daherfaseln von bis in die Haarspitzen motivierten Mitarbeitern, die gemeinsam alles schaffen könnten. Dann war er entlassen.

Raphael begab sich schnell zurück in den Verkaufsbereich, steuerte den hinteren abgeschirmten Bereich der improvisierten Bühne an, wo Matteo ihn schon erwartete. Der hob den Arm nach oben, bot ihm die offene Handfläche an. Sie klatschten ab.

»Also dann«, flüsterte der Kleine. »Packen wir es, Englein!«

## Notburga

So schnell kann es gehen, dachte Notburga. Seit einem halben Jahr plante sie eine von Scheinwerferlicht und medialer Aufmerksamkeit umfunkelte Karriere als strahlender Mittelpunkt einer bei jedem herangetragenen Fall großartig erfolgreichen Privatdetektei. Und wie weit hatte sie es inzwischen gebracht? Ja, es gab derzeit tatsächlich üppiges Scheinwerferlicht rings um sie. Aber das war leider nicht auf sie gerichtet. Das beleuchtete vorwiegend Verkaufsvitrinen und Warenregale. Jetzt stand sie schon den zweiten Tag neben Modeschmuckständern und öden Wintermäntelablagen und hielt Ausschau nach verdächtigen Gestalten, die sich heimlich in der Beauty-Abteilung einen teuren Lippenstift grapschten oder versuchten, einen ohnehin preisreduzierten Markenpulli unbemerkt hinauszuschmuggeln. Sie hatte gestern einiges gelernt. Kevin hatte sie auf zwei junge Frauen aufmerksam gemacht, die miteinander aus der Umkleidekabine kamen und dann auf die Kassen im Eingangsbereich zuhielten. Die eine der beiden Frauen legte einen Sonderangebot-Winterschal und zwei billige Modeketten auf den Kassatisch. Sie begann, die Kassiererin in ein Gespräch zu verwickeln. Ihre dunkelhaarige Begleiterin schob sich derweil vorbei und wäre fast durch die Drehtür nach draußen entschlüpft, hätte Kevin nicht rasch eingegriffen. In der großen Umhängetasche der Begleiterin fanden sich zwei italienische Luxuskleider von der Art, wie man sie sich eben gern vom Christkind wünscht. Schon allein deshalb lieber vom Christkind gewünscht als selber gekauft, weil die Designerkleider sauteuer waren. Die Kontrollanlage im Ausgangsbereich hatte nicht angeschlagen, weil die beiden schlauen Damen ihr dreistes Vorgehen gezielt durchdacht hatten. Die große Umhängetasche der Schwarzhaarigen war mehrmals mit Alufolie ausgekleidet. Dadurch wurden die Sicherungen, die an den Kleidern angebracht waren, abgeschirmt. Das Signal wurde gestört und das verräterische Piepen blieb aus.

Der nette Kevin hatte sie gestern drei Stunden lang eingeschult. Wie ihr der Centermanager anvertraut hatte, sollte sie mit Jahreswechsel Kevin Schotts Platz übernehmen. Sie würde sich also ab Jänner ohne die Hilfe des erfahrenen Profis als leitende Warenhausdetektivin herumschlagen müssen. Im Schnellkurs hatte Kevin gestern versucht, sie in ein Schema unterschiedlicher Methoden einzuweihen, mit denen Ladendiebe sich an ihr dreistes Werk machen.

Nicht alle operierten mit signalabschirmenden Handtaschen. Manche waren besonders dreist. Sie rissen einfach an sich, was sie haben wollten. Dann starteten sie los, liefen an den Kassen vorbei, hetzten nach draußen, versuchten im rasanten Laufschritt mögliche Security-Verfolger abzuhängen. Andere besorgten sich via Internet bestimmte Magnetlöser, also Geräte, mit denen Sicherungsetiketten bequem gelöst werden konnten. Damit ließ sich in Umkleidekabinen oder anderen abgeschirmten Bereichen bestens hantieren. Manche brachten einen Seitenschneider als Werkzeug mit. Andere legten ihre Taktik so an: Kunden, die bereits etwas gekauft hatten, erschienen weniger verdächtig. Also tauchten sie zum Alibi-Umtausch auf und schafften auf diesem Weg weitere Artikel aus dem Geschäft.

»Allein im deutschsprachigen Raum sind es jährlich weit über zwei Milliarden Euro, die durch Ladendiebstähle verloren gehen. Und glaube mir, liebe Notburga, gerade in der Zeit des Weihnachtsgeschäfts haben Ladendiebe Hochsaison.«

Ja ja, dachte Notburga, *was immer du dir vom Christkind wünschst, wir haben es.* Um acht war sie heute im Einkaufscenter erschienen. Seit neun Uhr versah sie ihren Dienst. Kontrollieren, prüfen, überwachen, ständig aufmerksam sein. Jetzt drehte sie sich zur Seite, als interessiere sie sich für eine der zahlreichen Parfumflaschen, die rechts neben ihr im Regal standen. Gleichzeitig ließ sie den Mann nicht aus den Augen, der sich langsam mit einem Kinderwagen in geringer Entfernung an ihr vorbeischob. Sie beobachtete den Mann schon seit einiger Zeit, folgte ihm durch die Abteilungen. »Kinderwagen als geeignetes Mittel zur Tat, das hat sich in letzter Zeit verstärkt«, hatte Kevin gestern extra betont. Sie stellte eine Flasche mit französischem Luxusparfum zurück und schlenderte langsam hinter dem Kunden her. Ab und zu beugte der Mann sich zu dem kleinen Mädchen, das im Wagen saß, lachte mit ihr. Das Kind hielt die teure Halskette, die er ihr vor Kurzem in die Hand gedrückt hatte. Nun bog er langsam ab zur Weihnachtsabteilung. Notburga folgte ihm.

»Guten Tag, Frau Englein, wie geht es Ihnen heute? Haben Sie sich schon ein wenig eingelebt bei uns?« Die Stimme erklang hinter ihr. Sie drehte sich. Vor ihr stand Jessica Senfberger. Sie hatte die Abteilungsleiterin schon gestern kennengelernt. Heute war die Frau besser gelaunt. Sie beschenkte Notburga sogar mit einem Lächeln. Gestern hatte Notburga stark den Eindruck, die Dame hätte etwas gegen sie. Zumindest hatte sie das offensichtliche Nasenrümpfen der Abteilungsleiterin so gedeutet, als sie von Kevin vorgestellt wurde.

»Oh, danke der Nachfrage. Ich finde, es geht ganz gut.« Die Abteilungsleiterin reichte ihr mit freundlicher Geste die Hand. Heute kein Naserümpfen, dachte Notburga. Gleich darauf steckte die Dame die Hand zurück in die Jackentasche. Der elegante weinrote Blazer war Notburga gestern schon aufgefallen. Nicht alle Angestellten mussten offenbar die hellen Westen mit dem knalligen Logo des Einkaufscenters tragen. Sie wandte schnell den Kopf, um den Mann mit dem Kinderwagen nicht aus den Augen zu verlieren. Der hatte inzwischen an einem großen Verkaufsständer mit Engelpuppen und Plüschrentieren Halt gemacht. Notburga hörte ein feines, helles Piepen. Sie griff in die Tasche, warf schnell einen Blick auf das Display ihres Pagers.

»Oh, entschuldigen Sie bitte, Frau Senfberger. Ich hätte mich gerne noch ein wenig mit Ihnen unterhalten, aber ich muss dringend zum Chef.« Sie steckte den Pager zurück und eilte davon. Die Abteilungsleiterin blickte ihr nach. Dann winkte sie eine der Verkäuferinnen zu sich.

»War das nicht unsere neue Warenhausdetektivin?«, fragte das etwa 17-jährige Mädchen, das rasch näher kam.

»Ja, das ist Frau Englein. Sie ist auf dem Weg zum Chef. Da fällt mir ein, dass wir da auch dringend hin-sollten, Livia.«

Ein freudiges Strahlen blitzte in den Augen des Mädchens auf. »Wegen meiner Vorschläge, wie wir unsere Ausstellungsstücke im Eingangsbereich wirkungsvoller platzieren könnten? Haben Sie mit Herrn Artberg darüber schon gesprochen?«

»Leider nein, ich bin noch nicht dazu gekommen. Aber das sollten wir dringend nachholen. Am besten gleich. Komm, Livia.«

Sie eilte voraus, die junge Verkäuferin folgte ihr.

*

## Raphael

Raphael pustete wie ein Nilpferd, das seinen Kopf aus dem Flusswasser steckte.

»Das war eine einzige Katastrophe!«

»Nein, war es nicht. Du hast das echt toll gemacht, Raphi!« Matteo schnellte von seinem Stuhl hoch, bot dem Größeren die Hand zum Abklatschen an. Sie hatten sich in eines der ihnen zugewiesenen Zimmer zurückgezogen. Der kleine Kerl war echt lieb. Wenn er Matteo nicht an seiner Seite gehabt hätte, wäre Raphael wohl schon nach der ersten Englein-Rabatt-Runde auf und davon gewesen. Sie hatten eine Puppenküche, eine Kollektion für Winterbekleidung, einen Soundsessel, einen HD-Fernseher, eine Mini-Autorennbahn und einen Wäschetrockner angepriesen. Die meisten Versuche der versammelten Kundenschar waren harmlos gewesen, bisweilen sogar herzig. Um ihn als Englein mit dem großen Preisschild zu bezirzen, hatten fast alle mit ihm geschmeichelt. Ein paar hatten mit den künstlichen Schneebällen nach ihm geworfen. Alles völlig harmlos. Einige hatten sogar Gedichte aufgesagt oder es mit gesungenen Passagen aus Weihnachtsliedern versucht. »Last Christmas« war zu seinem Bedauern nicht dabei gewesen, mehr altbacken Traditionelles wie »Kling, Glöckchen« oder »Schneeflöckchen, Weißröckchen« und ähnlicher Schwachsinn. Einige der Zuschauer hatte ihn allerdings auch genervt. Am meisten der etwa zehnjährige Knirps, der tatsächlich versucht hatte, mit einem großen Tannenzweig auf ihn einzuschlagen, und dabei ständig brüllte: »Ich will einen Giga-1000! Ich will einen Giga-1000!« Was konnte er dafür, dass der vorgestellte Wäschetrockner eine völlig andere Markenbezeichnung trug.

»Aber Raphi«, gluckste Matteo. »Der Bub hat doch nicht den Wäschetrockner gemeint. Der Giga-1000 ist ein sprachgesteuerter Mini-Roboter. Er hört auf alle Stimmkommandos. Der Giga kann sogar schwimmen, auf Chinesisch antworten, ein paar Zentimeter über dem Boden schweben und dir einen eigenen kleinen Algorithmus aufstellen. Sehr innovativ. Aber du hast recht, Raphi, dass der Bub immer wieder mit der Tannengerte ausholte, fand ich auch ziemlich crazy. Ich hoffe, du hast ihn aufgenommen mit deiner Mondsichel-Kamera.«

Die Mondsichel! Die hatte er völlig vergessen. Er hatte das Ding nicht mehr bei sich. »Die habe ich wohl zuvor im Büro des Centermanagers vergessen. Ich hole sie mir gleich.«

Er gab dem Kleinen einen aufmunternden Klaps und verließ das Zimmer. Das Büro des Centermanagers lag im selben Korridor, allerdings auf der anderen Seite. Er bog gerade um die Ecke, als ihn ein hysterischer Schrei ereilte. Die Stimme einer Frau, sie brüllte heftig.

»Hilfe! Mörderin!«

Vor der weit geöffneten Tür des Managerbüros standen zwei Personen. Er bemerkte eine junge Frau im knalligen Shoppingcenter-Outfit und daneben eine ältere, die einen weinroten Blazer anhatte. Beide starrten ins Büro, wichen gleich darauf erschrocken einen Schritt zurück. Aus dem Büro tauchte eine weitere Frau auf. Der Anblick der Person ließ Raphael kurz innehalten. Die Frau gefiel ihm, sehr sogar.

»Keinen Schritt weiter!«, kreischte die Dame im roten Blazer und stemmte wild die Arme nach vorn, als versuchte sie, mit bloßen Händen einen Panzer aufzuhalten oder wenigstens einen führerlos einherpreschenden Rentierschlitten. »Bleiben Sie gefälligst, wo Sie sind, Frau Englein!«

*

## Carola

»Eeee…« Das Mädchen am Küchentisch runzelte die Stirn, betrachtete angestrengt die große Zeichnung im Buch, das vor ihr lag. Dann startete das Kind den nächsten Versuch.

»Eeee…lllleein.« Sie klatschte in die Hände, lächelte ihre Mutter an, die mit am Tisch saß.

»Nein, Hedwig. Das ist noch nicht ganz richtig. Ich weiß, dass du das besser kannst. Versuch es noch mal.«

Nun tippte die Kleine auf die linke Buchseite, berührte die große Zeichnung.

»Eeee…g…llein!«

Die Frau wiegte sacht den Kopf hin und her. »Fast, mein Schatz. Es hört sich schon ganz gut an. Eine Kleinigkeit fehlt noch, es ist nicht mehr viel.«

Das Mädchen versuchte, die Stirn zu runzeln. Das hatte es sich von seinem Vater abgeschaut. Der machte auch immer ein so komisches Gesicht, wenn er angestrengt nachdachte. Hedwig holte tief Luft. Erneut ließ sie die Hand auf die Zeichnung klatschen.

»Eeee…nnnn…glein!« Am zustimmenden Lächeln ihrer Mutter erkannte sie sofort, dass es nun stimmte.

»Sehr brav, Hedwig. So ist es richtig.« Chefinspektorin Carola Salman beugte sich über den Tisch, gab ihrer Tochter einen herzhaften Kuss. Dann griff sie nach dem Buch, schlug eine der Anfangsseiten auf, deutete auf die Abbildung.

»Das, mein Schatz, ist der große Weihnachtsengel. Und diese beiden …« Sie blätterte zurück. Sofort legte Hedwig den Zeigefinger auf die Zeichnung.

»Ja, Hedwig, diese beiden sind viel kleiner. Darum heißen sie *Englein*.« Sie bemühte sich, ihrer Tochter das Wort langsam vorzusprechen.

»Ja«, zirpte die Achtjährige und versuchte, den Tonfall ihrer Mutter nachzuahmen.

»Ennn…glein!«

Erneut beugte sich die Chefinspektorin vor, gab

ihrer Tochter einen großen Schmatz auf die Wange. Hedwig hatte seit ihrer Geburt eine geistige Behinderung. Körperlich war sie gesund und für eine Achtjährige bestens entwickelt. Nur ihr Verstand zeigte sich beeinträchtigt, bewegte sich derzeit etwa auf dem Niveau einer Dreijährigen.

»Basteln!«, rief die Kleine und ließ beide Hände auf die Zeichnung klatschen.

»Ja, mein Schatz. Mirjam kommt gleich. Dann darfst du mit ihr die beiden Englein basteln. Sie wird dir auch alle Geschichten aus dem Buch vorlesen.«

Wieder klatschte das Kind in die Hände. Dann schlug sie schnell den Buchdeckel zu, schlüpfte von ihrem Stuhl und kletterte flugs auf den Schoß ihrer Mutter.

»Singen, Mami. Ennngleeeein singen!« Sie legte Carola die Hände auf die Wangen und küsste sie auf den Mund.

»Aber natürlich, mein Schatz, singen wir beide noch ein paar Lieder, bis Mirjam kommt.« Sie drückte ihre Tochter fest an sich, streichelte ihr über das gekrauste Haar. Dann begann sie mit dem ersten Lied.

»Vom Himmel hoch, o …« Carola hielt inne, fixierte die Kleine und wartete.

»Ennngleeein …«, setzte Hedwig hinzu.

»So ist es richtig«, lobte sie und setzte fort. »… o Englein kommt. Eia, eia …« Wieder schaute sie abwartend zu ihrer Tochter. Diese setzte flugs fort, traf sogar einigermaßen die Melodie. »Susani, susani, susani.«

»Kommt, singt und klingt, kommt pfeift und trombt!«, sang Carola weiter. Hedwig klatschte in die Hände und stimmte beim »Alleluja, alleluja« mit ein.

»Von Jesus singt und Maria«, vollendete Carola die erste Strophe. Sie versuchten noch die zweite Strophe mit leicht abgewandeltem Text. Dann wechselte Carola zu einigen anderen Liedern, von denen sie wusste, dass ihre Tochter sie liebte. »Leise rieselt der Schnee«, »Ihr Kinderlein kommet«, »Engel singen frohe Lieder«. Gerade als sie gemeinsam »Kommet, ihr Hirten« anstimmten, läutete es.

»Das wird Mirjam sein«, bemerkte Carola. Die Kleine ließ ein gejohltes »Susani, susani« hören, sprang ihrer Mutter vom Schoß und stürmte ins Vorzimmer zur Eingangstür. Es war tatsächlich die 15-Jährige. Sie wohnte in der Nachbarschaft und war gerne bereit, mit Hedwig zu spielen, auf sie achtzugeben.

Carola verabschiedete sich von den beiden. Sie versprach, spätestens gegen 18 Uhr zurück zu sein. Die Chefinspektorin hatte sich den heutigen Tag frei genommen.

Sie blieb zwar in Bereitschaft, musste aber nicht ihre Zeit im Präsidium verbringen. Sie wollte in die Innenstadt. Sie freute sich darauf, durch die adventlich geschmückten Gassen zu schlendern, ein paar Weihnachtsbesorgungen zu erledigen, eine gute Tasse Kaffee in einem der wunderbaren Altstadtcafés zu genießen. Sie setzte sich ins Auto. Gerade als sie starten wollte, klingelte ihr Handy.

»Oh, nein«, entfuhr es ihr. Hoffentlich war das nicht ihre Dienststelle. Sie kramte das Telefon aus der Handtasche. Sie ahnte es schon, noch ehe sie auf das Display blickte. Es war natürlich ein Anruf aus dem Büro, direkt aus der Kriminalabteilung der Bundespolizeidirektion. Sie meldete sich, hörte zu. Am Ende des Gesprächs seufzte sie kurz.

»Tut mir leid, Carola. Aber wir haben derzeit niemand anderen.«

»Du kannst ja nichts dafür, Helga. Sag den Kollegen, ich komme direkt hin.«

Sie ließ den Motor anspringen, gab Gas. Also keine Bummelei durch die festlich geschmückte Innenstadt. Und man würde ihr in den nächsten Stunden wohl auch keinen wohlig duftenden Kaffee servieren. Zumindest nicht in einer der gastlichen Stätten in der von ihr geliebten Altstadt. Wenn sie Glück hatte, würde sie vielleicht eine halbwegs akzeptable schwarze Brühe bekommen, in einer Plastiktasse aus der Einkaufszentrumskantine. Ein Mord im Splesh! Als ob es dort nicht schon genug an absurden Verrücktheiten gäbe, eingepfercht zwischen weihnachtlichen Verkaufsständen auf mehreren Stockwerken. Jetzt wartete man dort zu allem Überfluss mit einem toten Centermanager auf, wie sie eben erfahren hatte. Die Kollegen von der Spurensicherung waren schon dort, hatte sie dem Anruf entnommen. Nun denn, sie beschleunigte, schaltete einen Gang höher, die Chefinspektorin würde gleich zur Stelle sein.

*

## Notburga

Mist! Was für ein ausgemachter Mist! In Notburgas Kopf surrte es wie in einem zornigen Hornissennest. Die Gedanken kreisten ihr fauchend durch den Schädel. Ein großer Fall! Spektakulär genug, dass eine Medienmeute samt publicitygeiler Öffentlichkeit sich dafür interessierte. Davon hatte sie immer geträumt. Jetzt hatte sie ihn serviert bekommen, den sensationellen Fall. Das Ganze hatte nur einen winzig kleinen Schönheitsfehler. Sie war nicht die von allen Seiten bewunderte Ermittlerin, die sich gleich heldenmutig in die Aufklärung stürzte. Nein, sie war die im Mittelpunkt stehende Verdächtige. Und wenn sie das Gekreische der Abteilungsleiterin in der roten Jacke richtig einordnete, dann gab es für alle ringsum ohnehin keinen Zweifel. Notburga Englein war die Mörderin, keine Frage. Wer sollte es sonst sein? Mist, Mist, Mist. Sie hatte sich auch dermaßen hanebüchen angestellt. Kein Funke vom Gehabe einer toughen Ermittlerin. Was sie an den Tag gelegt hatte, war hanebüchene Tollpatschigkeit bis zum Abwinken. Sie erinnerte sich genau an jedes einzelne Bild. Auf ihr Anklopfen war keine Reaktion aus dem Managerbüro gekommen, also hatte sie einfach die Tür geöffnet. Augenblicklich war ihr der Schreck durch die Glieder gedonnert. Wie schon die ganze Zeit über trommelte sie sich erneut mit den Fäusten gegen die Stirn. In ihr stieg jedes Detail dessen auf, was sie vor knapp zwei Stunden erlebt hatte. Wieder und wieder lief das Geschehene wie ein Film ab, Szene für Szene. Ein Mann hinter seinem Schreibtisch. Er hängt grotesk verkrümmt in seinem großen Ledersessel. Blutüberströmt. Die eingetretene Frau stürzt nach vorn, erreicht den Mann. Auf dessen Kopf klafft eine riesige Wunde. Der Mann ist offenbar tot. Auf dem Boden ist ein sonderbarer Gegenstand zu erkennen, eine kleine Säule. Die Frau bückt sich, hebt das Ding auf. Ja, die Frau, die mitten im Raum neben dem Toten steht, hebt tatsächlich den Gegenstand auf. Und diese Frau ist niemand anderer als sie! Mist, Mist, Mist. Verdammtes Unheil! Erneut drosch sie die Handfläche gegen die Stirn. Ja, sie war es. Sie, Notburga Englein, selbst ernannte Meisterin einer bislang mehr als erbärmlichen Detektivagentur, zu deren Entstehung ausgerechnet ihre Tante keinen unerheblichen finanziellen Beitrag geleistet hatte, sie, Notburga Englein, die immer davon geträumt hatte, das Schicksal möge sie mitten in einen spektakulären Fall platzieren, hatte das säulenförmige Etwas aufgehoben. Ohne Handschuhe! Einfach so. Und dadurch hatte sie auf großartige Weise ihre Fingerabdrücke genau auf jenen Gegenstand platziert, der sich später eindeutig als Mordwaffe erweisen sollte. Kann man ein größeres Rindvieh sein? Nein, kann man nicht! Denn im nächsten Augenblick waren die beiden Frauen an der offenen Bürotür aufgetaucht, die Abteilungsleiterin in der roten Jacke und deren Lehrmädchen. Und sie hatte neben dem toten Centermanager gestanden, in der Hand die Tatwaffe, die blutverschmierte kleine Säule. Das Geplärre der Frauen war augenblicklich losgegangen, ein Geheul wie bei einer Sirene.

»Hilfe! Mörderin!«

Das einzig Erfreuliche in dieser völlig aus dem Ruder laufenden Szene war der Anblick des Mannes gewesen, den sie unweit der Korridorbeugung gesehen hatte. Das lächerliche Kostüm mit den windschiefen Engelsflügeln hatte sie zwar kurz zu einem zusätzlichen Aufstöhnen verleitet, aber sonst war der Kerl eine prächtige Erscheinung. Wenigstens hatte man ihm keine alberne Perücke über die schwarz gelockten Haare gezogen. Der Mann hatte sich gleich darauf als respektvoller Kavalier erwiesen. Die kreischende Abteilungsleiterin wäre fast wie eine Furie auf sie losgegangen, hätte sich der Mann im Engelskostüm nicht dazwischengedrängt und versucht, die Situation zu beruhigen. Ihr gegenüber hatte er sich ausgesprochen charmant verhalten. Weitaus freundlicher als die zwei forschen Streifenpolizisten, die bald darauf erschienen waren und sie in dieses Zimmer bugsiert hatten, in dem sie jetzt schon fast zwei Stunden ausharrte. Sie hatte zu warten. Auf die ermittelnde Beamtin, wie man ihr erklärte. Wenigstens hatte man ihr zwischendurch eine Flasche Mineralwasser gebracht. Aus Plastik selbstverständlich. Immerhin war sie ja verdächtig, eine brutale Mörderin zu sein. Wer wehrlosen Centermanagern eine Marmorsäule über den Schädel zieht, der kann sich auch durch das Zersplittern einer Mineralwasserflasche aus Glas eine Waffe formen. Nur, dass sie es nicht war! Sie hatte den Manager zwar tot aufgefunden, aber ihn nicht ermordet. Aber wer würde ihr glauben? Eine Viertelstunde später öffnete sich die Tür und eine dunkelhaarige Frau erschien. Notburga schätzte die eintretende Beamtin auf Anfang 40. Sportliche Figur, sehr attraktive Erscheinung.

»Grüß Gott, Frau Englein. Ich bin Chefinspektorin Carola Salman. Ich leite die Ermittlungen.«

Notburga reichte ihr die Hand, nahm wieder Platz. Sie machte ihre Aussage. Die Polizistin stellte noch ein paar Fragen, dann war das Gespräch beendet.

»Ich war es nicht, Frau Chefinspektorin. Bitte glauben Sie mir. Dass ich die Mordwaffe vom Boden aufgehoben hatte, war ein dummer Fehler, den ich mir selbst kaum verzeihen kann. Aber ich möchte eines klar festhalten. Ich habe Fridolin Artberg zwar erst gestern kennengelernt, aber er machte auf mich von der ersten Sekunde an den besten Eindruck. Er war ein sehr netter Mann. Sympathisch, freundlich. Warum sollte ich jemanden umbringen, der mir erst gestern einen Job angeboten hat, über den ich mich sehr freue. Ich kann das damit verbundene Einkommen bestens gebrauchen.«

»Ich nehme Ihre Aussage zur Kenntnis, Frau Englein. Wenn Sie es nicht waren, dann brauchen Sie ja nichts zu befürchten. Ich bitte Sie nur, einstweilen in diesem Raum zu bleiben, falls noch Fragen auftauchen.«

Dann war die Beamtin draußen, die Tür wurde behutsam geschlossen.

✳

## Carola

Die Chefinspektorin nickte dem uniformierten Beamten kurz zu, der neben dem Eingang Posten bezogen hatte. Sie ging ein paar Schritte den Korridor entlang, dann blieb sie kurz stehen. Ihrer Erinnerung nach war ihr noch nie bei einem Mordfall in der Nähe eines Tatortes ein Lächeln auf die Lippen gekommen. Aber dieses Mal konnte sie sich einen Anflug von Schmunzeln nicht verkneifen. Es war auch zu absurd. Vor nicht einmal einer Stunde hatte sie mit ihrer Tochter Weihnachtslieder geträllert und entzückende Zeichnungen in einem Bilderbuch bewundert – und jetzt stand sie einer Verdächtigen gegenüber, die ausgerechnet Englein hieß. Wenn das Hedwig wüsste.

Doch auch anderes, was ihr bisher in diesem Fall untergekommen war, entbehrte nicht einer gewissen Absurdität. Einer der Zeugen am Tatort steckte ausgerechnet in einem viel zu eng anliegenden Engelskostüm mit grotesk herabhängenden Flügeln und hörte auf den Namen Raphael. Er sei gerade auf dem Weg zum Büro des Centermanagers gewesen, hatte er angegeben, weil er vermutete, dort etwas vergessen zu haben. Dann hörte er die Schreie der Frauen. Auch die Leiterin der Weihnachtsabteilung hatte Carola schon vernommen. Frau Senfberger war auch eine Stunde nach der grausigen Entdeckung nur schwer zu beruhigen gewesen. Für sie stand unzweifelhaft fest, dass die neue Kollegin, Frau Englein, ihren geliebten Chef brutal ermordet hatte. Immerhin hatte sie die Tatwaffe in der Hand gehalten.

Das bestätigte auch das 17-jährige Lehrmädchen. Worauf Livia im Gespräch mit der Kriminalpolizistin aber in erster Linie Wert legte, war der mehrmals wiederholte Hinweis, dass sie bei einem Berufsschulwettbewerb für Style Dekoration den ersten Platz belegt hatte. Und dass sie jetzt nicht wusste, wem sie ihre Vorschläge für die wirkungsvolle Umgestaltung der Ausstellungsstücke im Eingangsbereich unterbreiten könnte. Immerhin war der dafür zuständige Centermanager bedauerlicherweise ja nicht mehr unter den Lebenden. Einfach absurd, dachte Carola Salman, was hier so abläuft. Und dabei meinte sie noch gar nicht die für sie völlig verrückte Englein-Preisrabatt-show, von der ihr der kostümierte Erzengel berichtet hatte, unterstützt von einem aufgeweckten Zehnjährigen. Und noch ein überraschendes Detail erwartete sie, als sie zu Tatortgruppenchef Thomas Brunner zurückkehrte. Die Kollegen der Spurensicherung waren immer noch an der Arbeit. Kurz nach dem Eintreffen hatte Thomas Brunner ihr einen ersten Überblick verschafft, was sie bis jetzt herausgefunden hatten. Die beiden Zeuginnen, die Abteilungsleiterin und ihr Lehrmädchen, waren etwa gegen 14 Uhr am Tatort eingetroffen. Seiner Einschätzung nach, basierend auf langjähriger Erfahrung, war der Mord nicht mehr als 20 bis 30 Minuten davor passiert. Bestimmt würde auch die Untersuchung der Gerichtsmedizin zu einer ähnlichen Erkenntnis führen. Die polizeiliche Suche nach möglichen Zeugen, die vielleicht etwas beobachtet hatten, war sofort angelaufen. Aber bis jetzt war dabei nichts herausgekommen. Das lag vermutlich auch daran, dass sich zwar viele Menschen in den Verkaufsbereichen aufhielten, Kunden wie Mitarbeiter, aber der Korridor, in dem sich die Büros fürs Management befanden, leider abseits davon lag, zu erreichen nur durch eine Glastür. Alles in allem war der gesamte Korridor schwer einsehbar.

»Es schaut nicht nach einer minutiös geplanten Tat aus. Oder bist du anderer Ansicht, Thomas?«

Der Tatortgruppenchef schüttelte energisch den Kopf. »Ganz und gar nicht. Hätte der Täter oder die Täterin schon länger geplant, aus welchem Grund auch immer, Fridolin Artberg um die Ecke zu bringen, dann hätte er für sein Vorhaben garantiert einen anderen Platz gewählt. Hier musste die Person jederzeit damit rechnen, dass sie beim Rein- oder Rauskommen beobachtet wird, dass jemand überraschend im Korridor auftaucht. Die Person brachte zudem wohl auch keine eigene Tatwaffe mit, sondern nützte die sich ihr bietende Gelegenheit und griff nach diesem unförmigen Stück.« Er deutete mit der Hand auf das etwa 40 Zentimeter große Stück aus Marmor, das in Gestalt einer Säule geformt war.

»Das Absurde daran ist, dass Fridolin Artberg dieses Unding ausgerechnet von seinen Mitarbeitern als Geschenk bekam. Bei einer Feier vor zwei Jahren für sein zehnjähriges Dienstjubiläum. Wir haben das inzwischen herausgefunden. Die Skulptur trägt eine entsprechende Inschrift. Und ich habe noch etwas entdeckt, das ich dir zeigen will. Zumindest mir erscheint der Zusammenhang seltsam.«

Thomas Brunner öffnete eine Tür des Wandschrankes. Er war aus weiß lackiertem Metall. Aktenordner befanden sich darin, wie die Chefinspektorin auf den ersten Blick erkannte, dazu Kataloge und viele Bücher.

In einem der großen Fächer befand sich allerdings ein Objekt, das sich in dieser Papierordnerumgebung seltsam ausmachte. Es wirkte wie ein Fremdkörper.

»Eine Christbaumkugel!«, rief Carola verwundert aus.

»Ja«, erwiderte ihr Kollege und griff nach dem etwa 15 Zentimeter großen Weihnachtsschmuckstück. Er deutete in den Raum. »Das ganze Büro ist übersät mit Weihnachtsaccessoires, von Keramikschüsseln über Spieldosen, Uhren und Kinderspielzeug bis zu ausgesuchten Festtagsweinen und üppigen Naschereien. Und ausgerechnet diese Christbaumkugel hat in diesem glitzerträchtigen Durcheinander keinen Platz gefunden, sondern musste hier verwahrt werden? Der Aktenschrank war übrigens verschlossen. Der dazugehörige Schlüssel lag nicht etwa in einer der Schreibtischschubladen. Wir fanden ihn im Hosensack des Toten.« Carola nahm ihm das glänzende Schmuckstück aus der Hand, hielt es hoch, betrachtete es von allen Seiten. Ihr fiel nichts Besonderes auf. Die Kugel war schön geformt, aus rötlich schimmerndem Glas. Sie wurde von mehreren hellen Perlenketten umspannt. »Wir haben uns bei einer der Verkäuferinnen erkundigt. Diese Kugel gibt es noch nicht einmal im aktuellen Angebot des Shoppingcenters. Die freundliche Dame war so lieb, für uns ein wenig in den digitalen Welten der Unternehmenskette zu forschen. Eine große Bestellung mit Kugeln dieser Art wird für übermorgen erwartet.«

Carola nickte langsam. Warum verbarg der Centermanager ausgerechnet dieses Stück Christbaumschmuck im Schutz seines Aktenschrankes? Vielleicht gab es eine ganz banale Erklärung dafür. Vielleicht steckte auch mehr dahinter. Sie würden es herausfinden. Keine Frage.

Der Tatortgruppenchef wies nochmals in die Weite des Büros.

»Wir nehmen ohnehin den gesamten Krempel mit. Jedes einzelne Stück. Vielleicht entdecken wir noch die eine oder andere wunderliche Überraschung.«

❊

**Notburga**

»Guten Morgen, Frau Englein. Erfreut, Sie zu sehen.«

Dieses Mal stand Herr Teichmann hinter der Verkaufstheke. Die junge Kollegin war nirgends zu sehen. Notburga erwiderte den Gruß, zeigte ihr freundlichstes Lächeln. Der aufmerksame Verkäufer des »Weihnachtsträume«-Geschäftes präsentierte sich zwar mit zuvorkommender Aufmerksamkeit, aber er hatte keine guten Nachrichten für sie.

»Es tut mir außerordentlich leid, geschätzte Frau Englein. Ich habe natürlich umgehend das von Ihnen zur Verfügung gestellte Foto an unsere Partner weitergereicht. Aber leider habe ich bisher keine positive Rückmeldung erhalten. Ich habe mich auch auf die Suche nach weiteren Christbaumstücken aus den 1950er- und 1960er-Jahren gemacht. Vielleicht findet Ihre werte Frau Tante auch Gefallen an einem Schmuckstück von zumindest ähnlicher Gestaltung, falls wir nicht mehr an das Original herankommen.«

Nein, das würde sie nicht. Tante Martha würde nur die Spitze mit den vier Glöckchen und dem singenden Engel akzeptieren, und keinesfalls etwas anderes, wie immer das auch aussah. Entweder das Original, das ihr zustand, oder gar nichts. Notburga konnte sich schon das Gezeter ihres Tantchens vorstellen, die süffisant darüber lästern würde, wozu sie ihrer Nichte einen sündteuren Fernkurs fürs Detektivspielen ermöglicht hatte, wenn die nicht einmal fähig war, ihr die passende Christbaumspitze zu besorgen. Sie bedankte sich beim Verkäufer und verließ den Laden. Sollte sie überhaupt ihren Weg zum Einkaufscenter fortsetzen? Laut Polizei durfte sie nur derzeit die Stadt nicht verlassen, ohne sich abzumelden. Aber man hatte sie gestern Abend nach einer weiteren Befragung ohne Probleme nach Hause entlassen. Sie durfte auch jederzeit im Shoppingcenter ihrer Arbeit nachgehen, hatte man sie wissen lassen, das stünde ihr völlig frei. Aber was würde sie dort erwarten? Ausgestreckte Zeigefinger und hämisch verstohlene Blicke? Davon war sie überzeugt. Nicht wenige hielten sie für die Mörderin, das war Notburga sonnenklar. Sie gab sich einen Ruck.

Ihr Entschluss stand fest. Sie würde heute in jedem Fall an ihrem Arbeitsplatz erscheinen. Immerhin gab es da ja noch jemanden im Shoppingcenter. Und der würde sie garantiert mit freundlicher Miene erwarten, vielleicht sogar mit seinem umwerfend charmanten Lächeln. Sie hatte Raphael gestern Abend kurz vor Verlassen des Gebäudes noch einmal gesehen. Und wieder hatte sie gestaunt. Ohne das läppische Engelskostüm sah er weitaus besser aus, als sie erwartet hatte. Und bei dem Lächeln, das er ihr zugesandt hatte, war ihr ganz warm ums Herz geworden.

∗

## Raphael

Es donnerte. Gewaltig. Entlud sich hier ein Gewitter? Mitten im Winter? Raphael schnellte von seinem Bett hoch, warf die Decke zur Seite. Nein, das war eindeutig kein Gewitterdonnern. Hier trommelten deutlich hörbar Fäuste gegen seine Eingangstür.

»Verdammt, es reicht. Ich komme ja schon.«

Er schlurfte ins Vorzimmer, riss die Tür auf. Vor ihm stand Ottokar. Dessen Gesichtsausdruck verriet ein zorniges Grinsen.

»He, warum gehst du nicht ans Telefon, wenn ich dich anrufe?«

Raphael fasste sich an den brummenden Schädel.

»Entschuldige, ich habe das Handy vermutlich irrtümlich auf lautlos gestellt.« Er machte kehrt, tappte in Richtung Wohnzimmer. Der Geschäftsführer der Ein-Mann-Eventagentur »Happy Plätsch« trampelte hinter ihm her.

»Und warum bist du gestern Abend nicht bei mir erschienen wie ausgemacht? Musst du dich nicht mehr vor den Serben verstecken?«

Die serbische Mafia! Verflucht, die Typen hatte er ganz vergessen. Es war zu viel passiert. Zuerst das dämliche Englein-Rabattspektakel und dann der Mord.

»Jedenfalls habe ich eine gute Nachricht für dich. Deswegen bin ich auch gleich hergekommen, nachdem du am Telefon nicht zu erreichen warst. Der gute Arnie hat mich vor einer Stunde angerufen. Seine Kreuzschmerzen sind über Nacht komplett verflogen. Er kann ab sofort seiner Verpflichtung nachkommen. Du brauchst dich nicht mehr ins Shoppingcenter zu quälen, Raphael. Du hast es überstanden.«

Gute Nachricht? Keineswegs! Wovon redete der Kerl da? Er drehte sich schnell um, bugsierte seinen Kumpel auf einen der freien Stühle.

»Das kommt überhaupt nicht in Frage, mein Lieber. Was man angefangen hat, das muss man auch zu Ende bringen. Erstens ist das mein Grundsatz und zweitens bin ich es den Leuten dort schuldig. Matteo erwartet mich. Der Knirps wäre tief enttäuscht, wenn ich heute nicht im Center auftauche.«

Und da gab es immerhin noch jemanden, der ihn hoffentlich erwartete. Er hatte Notburga Englein gestern sein strahlendstes Lächeln zugeschickt, als sie das Shoppinggebäude verließ. Und sie hatte zurückgelächelt. Dabei war ihm ganz seltsam geworden tief in seinem Inneren. Da hatte sich ein Gefühl bemerkbar gemacht, von dem er gar nicht mehr wusste, dass er es noch besaß.

*

## Carola

Die Chefinspektorin blickte von ihren Unterlagen auf, als Thomas Brunner zu ihr ins Büro kam und einen seltsam anmutenden Gegenstand auf den Schreibtisch legte.

»Was ist das?«

»Wonach sieht es aus?«

»Nach einem goldfarbenen Halbmond.«

»Der stammt aus dem Büro unseres Toten.« Ein bestimmter Gedanke regte sich bei Carola.

»Das ist vielleicht das Requisit, von dem unser Engeldarsteller meinte, er habe es im Büro des Centermanagers liegen lassen. Deswegen war Raphael Quass ja auf dem Weg dorthin gewesen, als er die Schreie hörte.«

Der Tatortgruppenchef grinste. »In dieser Mondsichel steckt mehr, als man auf den ersten Blick sieht. Sie verfügt über eine eingebaute Minikamera.« Er hielt das Requisit hoch. »Unser geschätzter Herr Quass hat den Mond neben der Kaffeemaschine abgelegt. Wir fanden diesen auf dem obersten einiger übereinander gestapelten Weihnachtskartons. Eines ist Herrn Quass offenbar nicht aufgefallen. Beim Ablegen hat er wohl irrtümlich die Kamerafunktion aktiviert.« Thomas Brunner fasste in seine Tasche, holte einen USB-Stick hervor. »Wir haben uns die Aufnahme angesehen. Die Kamera lief gestern mehrere Stunden, dann war die Batterie leer. Ich habe dir die interessanteste Passage herauskopiert, Carola. Sie dauert genau fünf Minuten und 23 Sekunden.«

Er beugte sich vor und steckte den USB-Stick in Carolas Bürorechner. Dann startete er die Aufnahme. Auf den ersten Bildern sah man einen gar nicht so kleinen Ausschnitt aus dem Büro. Fridolin Artberg war gut zu erkennen. Er tippte eifrig auf die Tastatur seines Computers. Ein Klopfen war zu vernehmen. Der Centermanager hob den Kopf. »Herein.« Man hörte das Öffnen der Tür. Gleich wurde eine Person sichtbar, die herantrat. Die Chefinspektorin war gespannt, was nun folgte. Die Szene dauerte wirklich nicht sehr lange. Aber sie war aufschlussreich. Sehr aufschlussreich.

»Wer hätte das gedacht«, bemerkte die Chefinspektorin, als die Passage zu Ende war.

»Gut, dass unser Möchtegernengelsdarsteller seine Mondsichel im Büro liegen ließ. Auf diese Lösung wären wir wohl kaum gekommen. Zumindest nicht so schnell. Vielleicht auch gar nie.« Sie stand auf. »Wir fahren sofort hin. Ich möchte gerne, dass du mitkommst, Thomas.«

Es begann bereits zu dämmern, als sie im Shoppingcenter eintrafen. Sie baten sie in ein Extrazimmer und spielten ihr die Szene vor. Bei den ersten Bildern versuchte sie sich noch mit einem »Was soll das?«, aus der Affäre zu ziehen. Es brachte nichts, das wurde ihr schnell klar. Daraufhin schwieg sie. Am Ende des Gezeigten war ihr Gesicht zur Maske erstarrt.

»Jessica Senfberger, ich verhafte Sie wegen Mordes an Ihrem Chef Fridolin Artberg.«

Dann ging alles ganz schnell. Sie nahmen sie mit, führten sie vorbei an den erschrockenen, teils entsetzten Gesichtern ihrer Mitarbeiter und brachten sie ins Präsidium. Eine Stunde lang sprach sie kein Wort, beantwortete nicht eine einzige Frage. Dann brach ihr Widerstand, von einer Sekunde auf die nächste.

»Dieser Idiot!«, war das Erste, was man von ihr hörte. »Er ist selbst schuld. Warum steckte er auch ständig seine Nase in alle möglichen Angelegenheiten, nur weil ihm irgendeine läppische Abweichung von der von ihm vermuteten Norm aufgefallen war?« Die Chefinspektorin wusste genau, was die Abteilungsleiterin damit meinte. Sie hatten alle die Bemerkungen des Centermanagers mittels Aufnahme mitbekommen.

»Etwas sehr Merkwürdiges ist mir aufgefallen, Frau

Senfberger«, hatte Fridolin Artberg sich dort geäußert. »Jedes Mal, wenn ganz bestimmte Ladungen bei uns eintreffen, passiert Folgendes. Bei diesen Lieferungen handelt es sich um Christbaumkugeln. Schon am nächsten Morgen, gleich nach Geschäftsöffnung, werden diese Kugeln bereits erworben. Offenbar von fünf unterschiedlichen Kunden. Diese Leute kaufen gleich eine beträchtliche Menge. Die Ware ist auf so viele Kartons aufgeteilt, dass diese nicht auf den Kassatisch zu liegen kommen, sondern im Einkaufswagen bleiben können. Dort werden sie von unserer Mitarbeiterin an der Kassa via Scanner per Hand erfasst. Das alles passiert in den ersten zwei Stunden nach dem Aufsperren. Dann geschieht an diesem Tag nichts mehr Vergleichbares. Die Christbaumkugeln stammen, wie ich feststellen konnte, aus Genua. Natürlich wurden später weiterhin Kugeln unseres italienischen Geschäftspartners verkauft. Aber oft erst nach vielen Tagen, und in weit geringeren Mengen. Und noch etwas scheint bemerkenswert. Bei Christbaumkugeln aus anderen Städten oder von anderen Herstellern passiert nichts dergleichen. Ich habe Sie hergebeten, Frau Senfberger, um Ihnen mitzuteilen, dass ich der eigenartigen Sache nachgehen will. Ich werde also höchstpersönlich die nächste Ladung aus Genua in Empfang nehmen und sie genauestens kontrollieren. Soviel ich feststellen konnte, trifft die nächste Ladung aus Genua übermorgen bei uns ein. Ich danke Ihnen, Frau Senfberger, Sie können wieder gehen.«

Daraufhin hatte die Abteilungsleiterin, wie der Aufnahme deutlich zu entnehmen war, nach der Skulptur gegriffen und zugeschlagen. Und zwar mehrmals. Dann hatte sie offenbar blitzschnell einen Entschluss gefasst. Sie hatte sich aus der Schreibtischschublade den Mini-Sender gegriffen, mit dem man die jeweiligen Pager des Security Personals aktivierte. Auf diese Weise konnte sie die unschuldige Warenhausdetektivin an den Tatort locken, gleich darauf selber auftauchen, ein Höllenspektakel inszenieren und eine Täterin präsentieren. Was ja auch fast geklappt hätte. Aber nur fast. Der Mond ist aufgegangen … Zumindest thronte er auf der obersten Schachtel und hatte seine Kamera eingeschaltet. Zum Glück für Frau Englein und zum Glück für die Polizei.

Gegen Abend hatte die Chefinspektorin mithilfe ihres Ermittlungsteams die wichtigsten Fakten zum vorliegenden Fall beisammen. Die Sache lief seit Anfang November. Manche Shoppingcenter verkaufen ihr Weihnachtzeug inzwischen schon ab Mitte Oktober. »Bald werden sie damit im Sommer beginnen«, bemerkte Thomas Brunner verächtlich. Die Center-Kette mit den mega-spleshigen Angeboten stieg erst nach Allerheiligen ins Weihnachtsgeschäft ein. Wie die Kriminalisten bisher herausgefunden hatten, waren auch Mitarbeiter anderer Shoppingcenter der Splesh-Kette in dieses äußerst lukrative Nebengeschäft verwickelt. Das Kokain, um das es ging, stammte aus

Kolumbien, wurde per Schiffscontainer nach Genua gebracht. Die italienische Hafenstadt war ein idealer Umschlagplatz für jede Art von Drogengeschäften. Das war den Ermittlern bewusst. Der für die Splesh-Kette gewählte Vertriebsweg war äußerst raffiniert. Splesh bezog aus Genua billigen Christbaumschmuck, und das in sehr großen Mengen. In den Verpackungen des Christbaumschmucks wurde das Kokain mittransportiert, landete auf diese Weise in einigen ausgesuchten Filialen. In jedem Fall waren für jede Filiale mindestens zwei Personen eingeweiht, der jeweilige LKW-Fahrer und die Person, der man die Ware überbrachte. Im Salzburger Shoppingcenter war das eben Jessica Senfberger, die Leiterin der Weihnachtsabteilung. Nach dem Eintreffen kontaktierte sie sofort die von der Drogenbande vorgegebenen Adressen. Am nächsten Tag erschienen in aller Früh fünf Einkaufskunden, meldeten sich bei ihr mit einem bestimmtem Codewort und bekamen die Kartons, die nach außen hin Christbaumkugeln enthielten, in Wahrheit aber Packungen an Kokain. Der Clou an der Sache war, dass die Kartons nicht vor der Kassa abgelegt werden mussten, sondern im Wagen bleiben konnten. Andernfalls hätte die Kassiererin wohl schnell bemerkt, dass etwas mit dem Gewicht der Verpackungen nicht stimmte. Aber so war alles glatt gelaufen, jedes Mal. Bis dem aufmerksamen Centermanager die Abweichung von der Norm aufgefallen war.

»Was immer du dir vom Christkind wünschst, wir haben es!« Der im Einkaufscenter an allen möglichen und unmöglichen Stellen kaum zu übersehende Spruch fiel der Chefinspektorin ein, als sie den Bericht für die Staatsanwältin abschloss. Offenbar auch Kokain. Aber dafür hatte es wohl keinen Englein-Rabatt gegeben.

*

## Notburga und Raphael

Sie schob die leere Espressotasse beiseite, winkte der Bedienung und bestellte sich einen Orangenblütentee. Sie dachte kurz an gestern. Bei Einbruch der Dunkelheit war die Polizei im Shoppingcenter aufgetaucht. Keine halbe Stunde später hatten sie Jessica Senfberger abgeführt. Einige Details zum Vorfall machten schnell die Runde. Das meiste erfuhr sie am Abend, als sie mit Raphael in einem schmucken Restaurant gesessen hatte, zusammen mit ihm eine köstliche andalusische Paella genoss und dazu spanischen Wein trank. Sie hatte ihm viel aus ihrem Leben erzählt. Nebenbei hatte sie das mit ihrer Tante und dem Christbaumspitz erwähnt. Er schlug ihr vor, ihm das Foto zu schicken. Er kenne da einen schrulligen Antiquar, dem er einmal im Zuge eines seiner gefühlten Tausend Gelegenheitsjobs ausgeholfen hatte. Vielleicht konnte der weiterhelfen. Nun saß sie im schmucken Café Fürst in der Salzburger Altstadt und wartete. Eine Schar schnatternder Japaner trat eben ein, um sich mit zahlreichen Packungen der Original Salzburger Mozartkugel einzudecken. Gleich dahinter erkannte sie ihren Erzengeldarsteller. Schon von Weitem hob Raphael den Daumen und lächelte ihr zu. Wahnsinn! Er hatte sichtlich gute Nachrichten. Sie würde Tante Martha offenbar bald die sehnlichst erwünschte Christbaumspitze überreichen können. Er nahm neben ihr Platz, drückte sie fest an sich. Der Wunschzettel, den sie nicht mehr gefunden hatte, fiel ihr ein.

»Liebes Christkind«, hatte sie geschrieben, »schick mir bitte einen Mann. Aber einen ganz, ganz lieben.«

Er löste sich kurz von ihr. »Hallo, Englein«, sagte er. Sie küsste ihn. Innig, lange.

Wohlige Wärme machte sich breit.

So richtig weihnachtlich.

# WER KLOPFET AN?

*Pochen.*
*Hand trifft auf Holz.*
*Erneutes Pochen.*
*Keine Antwort.*
*Hand wird zu Faust.*
*Pochen härter. Lauter.*
*Wer da?*
*Stille.*
*Herzschlag pocht.*
*Hand erfasst Riegel. Türaufreißen.*
*Staunen.*
*Düsterer Blick.*
*Erste Worte quälen sich aus Zähnen, kriechen über Lippen, durchschwirren die Luft.*
*Wie dunkle Fledermäuse, scharfkrallig.*
*Lauter.*
*Heftiger.*
*Nein! Nie und nimmer!*
*Erneut drischt Hand gegen Holz. Zornig.*
*Blanke Wut kocht auf.*
*Hand zuckt aus, erfasst Rundes.*
*Herunterreißen.*
*Helles Surren.*

*Aufprall.*
*Schrei.*
*Taumeln.*
*Poltern.*
*Röcheln.*
*Stille.*
*Stille.*

# 1

Ein kurzer Schlag mit den langen, schmalen Flügeln, dann landet der kleine Vogel auf dem untersten Ast des mächtigen Ahornbaums am Rand des verschneiten Wäldchens. Griffsicher setzt der Ziegenmelker seine Krallen in die leicht vereiste Rinde. Der Kopf mit den großen Augen zuckt neugierig nach allen Seiten. Es ist finster ringsum, über den winterlichen Nachthimmel haben sich mächtige Wolkenbänke geschoben. Dennoch entgehen dem scharfen Blick des Vogels nicht die Umrisse der dunklen Gestalten, die in einiger Entfernung über das schneebedeckte Feld stapfen. Stimmen gleiten durch die abendliche Stille bis zum kleinen

gefiederten Beobachter auf dem Ahornast. Melodie-
perlen erreichen ihn, Teile eines von den Stimmen zum
nächtlichen Leben erweckten Liedes.

*Jetzt fangen wir zum Singen an. Halleluja.*
*Vernehmet all, was sich getan. Halleluja.*
*Ein Stern, so hell als wia die Sunn,*
*steht übern Buachenroan.*
*Und neamd geht aussa von der Stubn …*

Da fegt plötzlich ein aberwitziges Lachen durch die
Dunkelheit, trifft schrill auf die zarten Ohren des kleinen Vogels. Der heimische Vertreter der Nachtschwal-
ben zuckt erschrocken mit den Flügeln, stößt sich has-
tig vom Ast ab und schwirrt davon. Sein Kopf zuckt
nach links, dann nach rechts. Wieder einmal wird ihm
klar: Er hätte sich doch mit den anderen im Herbst auf
den Weg nach Afrika machen sollen, anstatt sich hier
von ungebetenen Nachtwanderern durch die Gegend
jagen zu lassen.

Die über das verschneite Feld stapfende Gruppe
besteht aus sieben Personen, drei Männer und vier
Frauen. Sie sind in altertümlich wirkende Kleidung
gehüllt, tragen lange Umhänge, Lodenjacken, antik
anmutende Tücher und Röcke. Drei der Männer führen große Stöcke in den Händen. Das gesamte Aus-
sehen samt den Stäben verleiht ihnen einen Eindruck
von biblischen Hirten, die auf ihren Weiden unterwegs
sind. Die breiten Lichterzungen aus den mitgeführten
Laternen tanzen über den verschneiten Pfad.

Die sieben Personen sind eine Gruppe von Anglöcklern aus dem nahen Dorf, auf dem Weg zu ihrer ersten Station, einem Bauernhof an der linken Seite des kleinen Wäldchens.

Eine der Frauen ist Jaqueline Sult, Leiterin der Feinkostabteilung im örtlichen Supermarkt. Von ihr stammt das schrille Lachen, das den empfindsamen gefiederten Beobachter von seinem Baum vertrieb. Das Kreischen entfuhr der Supermarktmitarbeiterin, als bei der Liedstelle »und neamd geht aussa von der Stubn« einer der Männer, Robert Bruchberg, der Leiter der Gruppe, zu einer aberwitzigen Bewegung ausholte, um nicht auf dem schneeglatten Untergrund das Gleichgewicht zu verlieren. August Brettner, Mitarbeiter der örtlichen Müllabfuhr und seit sieben Jahren in der Gruppe, fasste ihn schnell am Arm und half somit, den Sturz zu verhindern.

Jetzt deutet die aufgekratzte Feinkostabteilungsleiterin nach oben, zeigt auf die finsteren Wolkenbänke.

»Ich wünsche mir so, dass es heute Nacht noch schneit. Das würde unserer ersten Anglöcklertour in diesem Jahr den ganz besonderen weihnachtlichen Reiz verleihen.«

Auch die anderen sind stehen geblieben, heben die Köpfe.

»Nein, liebe Jacky, da muss ich dich enttäuschen.« Leon Palmara, stellvertretender Direktor an der örtlichen Schule, hat eine große Gitarre umgehängt, die in einer Tasche steckt. »Kein Schneefall in dieser Nacht. Ich habe extra die Berichte im Internet gecheckt. Kein Niederschlag. Doch dafür werden wir heute noch die Sterne sehen.«

»Wann?«

»Nach meinen intensiven Recherchen werden die Wolken am Nachthimmel gegen halb zehn aufreißen, allerspätestens um zehn. Darauf könnt ihr euch verlassen.« Er blickt in die Runde. Der Lehrer und Hobbymeteorologe erhofft sich wie immer lobträchtige Zustimmung für seine Prognosen.

»Ich hoffe, dieses Mal bist du mit der Zeitbestimmung besser dran als vorhin bei der Probe.« Robert Bruchbergs Stimme hörte sich knarrig an. »Vereinbart war, dass wir uns um halb sechs zum Einsingen in der Schule treffen. Und nicht erst um sechs Uhr, als du eintrafst.«

»Aber Robert, hör auf, grantig zu sein.« Der beruhigende Einwand kommt von Theresia Wollmann, von allen nur »Resi« gerufen, ehemalige Lehrerin, seit zwölf Jahren in Pension, dabei immer noch eifrige ehrenamtliche Leiterin der Pfarrbücherei. »Es gab überhaupt kein Problem. Die Rosanna war pünktlich da, hat uns aufgesperrt. Und wir hatten eine wunderbare Einsingprobe.«

»Trotzdem. Ausgemacht war halb sechs. Wäre ja noch schöner, wenn da jeder erst dann daherkommt, wann es ihm in seinen Kram passt.«

Alle richten den Blick auf den Gitarrenträger. Leon Palmara will zu einer Entgegnung ansetzen, wird aber durch die energische Handbewegung einer jungen Frau aus der Gruppe unterbrochen. Rosanna Sternfeld trägt ein bodenlanges blaues Wollkleid. Über Kopf und Schultern hängt ein großes dunkles Tuch. Die junge Frau stellt im Ensemble die Gottesmutter dar, die Heilige Maria.

»Können wir das unnötige Gerede endlich lassen! Wir sind ohnehin spät dran. Die Familie Altleitner wartet sicher längst auf uns.«

»Die Rosanna hat recht«, stimmt ihr Resi zu. »Also lasst uns weitergehen, und zwar in etwas flotterem Tempo!«

Na endlich, denkt Rosanna, und fasst ihr Marienwolltuch fester. Wenn das mit der Trödelei und den andauernden Geplänkeln so weitergeht, dann wird es Mitternacht, bis sie bei David eintreffen. Und nicht zwischen 21.30 und 22 Uhr, wie vereinbart.

Und das will sie auf keinen Fall. Sie hat ihm versprochen, dass die Gruppe einigermaßen pünktlich sein wird.

Hätte der aufmerksame Ziegenmelker nicht längst auf seinem nächtlichen Rundflug den Schutz des weit entfernten großen Waldes angesteuert, dann könnte er jetzt beobachten, wie die Gruppe eine Viertelstunde später den fast 400 Jahre alten Bauernhof der Familie Altleitner erreicht.

*Machet uns auf. Halleluja!*
*Die Anglöckler sind da.*

Leon Palmara hat die Gitarre aus der Tasche genommen, greift in die Saiten, begleitet geschickt den Gesang der Gruppe. Er wartet. Auch die anderen schauen gespannt zur Tür. Leon überlegt kurz, ob er noch mal das Vorspiel intonieren soll, damit die Sängerinnen und Sänger ihren Wunsch nach Einlass wiederholen könnten, doch da wird die Haustür schon geöffnet. Eine Frau im Dirndlkleid erscheint.

»Schön, dass ihr hier seid. Kommt bitte herein!«

Es ist Johanna, die 35-jährige Bäuerin, die sie begrüßt. Da taucht auch schon ihr Mann Frederik auf, präsentiert ein Tablett mit wohlgefüllten schmalen Gläsern.

»Ich darf euch gleich ein Begrüßungsschnapserl anbieten. Zum Wohl!«

»Danke! Das ist ein wunderbarer Willkommensgruß. So mögen das die Anglöckler.«

Alle greifen zu, stoßen mit dem Ehepaar an, genießen den Willkommenstrunk. Dann folgen sie den Hausleuten durch den Flur in die Stube.

*Klöpfelnächte* werden die drei Donnerstagabende vor Heilig Abend im Volksmund genannt. *Anklöpfeln* sagt man in Tirol zu diesem vorweihnachtlichen Brauch. In Salzburg haben sich dafür eher die Bezeichnungen *Anklöckeln* oder *Anglöckeln* eingeprägt. Überliefert sind diese alten Rituale schon seit Jahrhunderten. Früher waren es vor allem arme Leute und Kinder, die in der Vorweihnachtszeit von Haus zu Haus zogen. Sie sangen dabei Lieder, die von der nahenden Geburt des Gottessohnes kündeten. Dafür erhielten sie Speis und Trank, gelegentlich auch kleine Geschenke. Die Ursprünge des Anglöckelns fußen also auf einer sozialen Geste, Arme und Bedürftige in der Vorweihnachtszeit auf diese Weise zu unterstützen. Hier wurde christliche Nächstenliebe im direkten Kontakt von eher wohlsituierten und andererseits armen Menschen lebendig.

Längst ist aus dem Brauch der karitativen Armenverköstigung ein Ritual des nachbarschaftlichen Miteinanders in der Vorweihnachtszeit geworden, das auch heute noch in vielen Orten, vor allem in Salzburg und Tirol, praktiziert wird. So auch in dieser kleinen Landgemeinde nahe der Stadt Salzburg, in der unsere Anglöcklergruppe unterwegs ist.

Das schon von Weitem hörbare Reden bricht ab, als die Anglöckler eintreten. Eine große Bauernstube bietet sich ihrem Blick. Sie ist gut gefüllt. Einige heben grüßend die Hand, andere nicken. Man kennt einander gut in diesem kleinen Dorf. Rosanna wirft einen freundlichen Blick zur Bank am prächtigen Kachelofen. Dort sitzen die Kinder der Familie, umgeben von anderen Sprösslingen aus der Nachbarschaft. Die beiden älteren waren vor Jahren bei ihr in der Schule. Jetzt gehen sie ins Gymnasium. Der achtjährige Laurin, der jüngste der drei ganz vorne, ist noch an der

Schule. Er besucht derzeit die zweite, also ihre Klasse. Laurin lächelt, als er seine Lehrerin im Kostüm der Heiligen Maria erkennt. Verstohlen hebt er die Hand, zwinkert ihr zu. Auf dem Stuhl neben ihm sitzt seine Oma, Amalie, die Altbäuerin, die Mutter von Frederik. Rosanna kennt auch fast alle Nachbarn, die sich eingefunden haben. Die Schar der Anwesenden ist beträchtlich. Viele wollen sich an diesem Abend von der Darbietung der Anglöckler in vorweihnachtliche Stimmung bringen lassen. Robert gibt das Zeichen. Die Gruppe nimmt Aufstellung.

Gleich darauf zieht ein deutlich vernehmbares Pochen durch das Zimmer. Robert schlägt sachte mit der Hand gegen das Holz der Eingangstür.

»Wer klopfet an?«

Durch den Raum tönt die mächtige Bassstimme des Gitarrenspielers Leon. Alle, die in der großen holzverkleideten Bauernstube zusammengekommen sind, kennen dieses Lied, haben es als Kinder von ihren Eltern und Großeltern gelernt, später auch in der Schule Jahr für Jahr vor Weihnachten aufgeführt. Die meisten der Anwesenden könnten jede einzelne Textsilbe mitsingen. Aber alle im Raum halten den Atem an, warten gespannt darauf, wie das Heilige Paar in Gestalt von Rosanna und Robert auf die forsche Frage des Wirtes antworten wird. Man freut sich auf den zarten, um Hilfe bittenden Gesang von Maria und Josef. So war das auch im vergangenen Jahr, und in all den

Jahren davor. So wie es schon seit Jahrzehnten, ja seit Jahrhunderten der Brauch ist, wenn die Klöpfler in die Rollen der biblischen Gestalten schlüpfen, um eindringlich darzustellen, welch hartes Los Maria und Josef ertragen mussten, als man sie damals in Bethlehem in kein einziges der gastlichen Häuser einließ. Als man sie forttrieb, mit harter Hand aus der Stadt jagte. Als die Unbarmherzigkeit regierte. An jedem Haus.

Und schon verschmelzen Rosannas wohlklingender Sopran mit dem rauen Bariton ihres Begleiters zur mitleidsvoll ergreifenden Antwort.

»O zwei gar arme Leut.«

Laurin ist hingerissen. Die Stimme seiner Lehrerin gefällt ihm ausgesprochen gut. Er liebt es auch, wenn Frau Rosanna ihnen in der Klasse vorsingt. Aber es ist nicht Unterricht. Er ist nicht im Schulgebäude. Jetzt ist er der Einzige aus seiner Klasse, der das hier hören darf. So viel ihm bekannt ist, würden die Anglöckler nach dem Besuch bei ihnen direkt zu den Bachmanns weiterziehen. Dann würde auch die Sarah, die hinter ihm in der dritten Bank sitzt, das Lied hören. Also die Sarah schon, aber sonst niemand aus der Klasse. Zumindest nicht an diesem Donnerstag. Da würde er gleich morgen früh die Sarah ausfragen, wie denn der Auftritt der Frau Lehrerin bei ihnen abgelaufen sei.

»Was wollt denn ihr?« Leon Palmaras Stimme nimmt an Unfreundlichkeit zu. Sein Wirt wirkt ziemlich gereizt.

»O gebt uns Herberg heut«, bittet das Heilige Paar flehend. Laurin singt zwar nicht direkt mit, aber seine Lippen formen sich lautlos nach den Worten des Textes.

»O durch Gottes Lieb wir bitten,
öffnet uns doch eure Hütten!«

»Oh nein, nein, nein!« Leon Palmaras Wirt wird immer grantiger. Müsste Leon nicht mit den Händen in die Saiten greifen, um das gemeinsame Lied auf der Gitarre zu begleiten, er würde wohl erbost die Arme zur unmissverständlichen Abwehr dieser ungebetenen Gäste verschränken.

»O lasset uns doch ein!« Rosanna lässt ihre Stimme geschickt ein wenig beben. Die hochschwangere biblische Maria wird dadurch in ihrem eindringlichen Flehen noch mitleidserregender.

Doch schon kontert der Wirt. »Es kann nicht sein!«

Die beiden auf der Gasse in Bethlehem versuchen es weiter. »Wir wollen dankbar sein.«

Doch der unerbittliche Wirt schüttelt erneut zornig das Haupt, seine Stimme wird noch abweisender.

»Nein, nein, nein, es kann nicht sein.

Da geht nur fort, ihr kommt nicht rein.«

Rosanna und Robert drehen sich zur Seite. Das Heilige Paar wurde eben von der ersten Schwelle gewiesen. Aber viele unerbittliche Begegnungen stehen den beiden auf dem schmachvollen Weg durch Bethlehem bevor. Drei weitere Strophen werden noch davon künden.

Wieder pocht Robert ans Holz. Das Heilige Paar steht vor dem nächsten verschlossenen Gasthaus im biblischen Bethlehem.

»Wer vor der Tür?« Dieses Mal wählt Leon einen anderen Tonfall. Frederik Altleitner nickt. Er hat sich nicht hingesetzt. Er steht neben dem Kachelofen, nahe den Kindern. Ihm gefällt offenbar die Variante, die Leon Palmara nun ausprobiert. Der Wirt klingt nicht missmutig, nicht so barsch wie der vorige, eher neugierig. Er grinst bei der Antwort.

»Ein Weib mit ihrem Mann.«

»Was wollt denn ihr?«

»Hört unsre Bitten an! Lasset heut bei Euch uns wohnen,

Gott wird Euch schon alles lohnen!«

Nun lässt Leon Palmara seinen Wirt den Mund weit öffnen. Ein gieriges Grinsen schleicht sich in dessen Miene.

»Was zahlt ihr mir?«

Sehr gut, Leon, denkt der Hausherr neben dem Kachelofen. Eine gelungene Abweichung. Dieser Mann wittert offenbar ein Geschäft, vielleicht gar ein einträgliches, wie seine verstohlene Miene vermuten lässt.

»Kein Geld besitzen wir.«

Schon zuckt das Haupt des Wirts nach oben. Das Kinn wird nach vorn gereckt. Zugleich erlöscht das Grinsen in dessen Gesicht. Der Tonfall gefriert, wird erbarmungslos eisig.

»Dann geht von hier!« Der Wirtsschädel zuckt zur Seite, das Kinn deutet in die Ferne.

Marias Stimme zittert dieses Mal nicht, ihr Flehen nimmt an Kraft zu, ist eindringlich.

»O öffnet uns die Tür.«

Aber es nützt nichts. Im nächsten Moment kehrt das Grinsen im Wirtgesicht zurück. Aber es ist nicht das geschäftsgierige erwartungsvolle, ist ein bitterböses Grinsen.

»Ei, macht mir kein Ungestüm,
da packt euch, geht woanders hin!«

Um der Unmissverständlichkeit seiner Worte Klarheit zu verschaffen, klopft Leon noch mit dem Handballen kräftig gegen das Holz der Gitarre.

»Pah, gemein!« Der Protest kommt laut und hell aus dem Mund Laurins. Der Achtjährige ist dermaßen vom Dargebotenen gebannt, dass er offenbar völlig vergessen hat, was hier passiert. Dass sie nur einer gespielten Szene in der eigenen Stube beiwohnen und nicht an der Seite des abgewiesenen Paares in den unfreundlichen Gassen von Bethlehem stehen. Doch im nächsten Moment realisiert er, was eigentlich vor sich geht. Er erschrickt über seinen eigenen Ausruf, klopft sich schnell mit der flachen Hand gegen den Mund. Die Oma neben ihm schmunzelt, streicht ihm beruhigend durch das Haar. Auch Rosannas Heilige Maria vergisst für einen Augenblick die Unerbittlichkeit der abweisenden Welt und lächelt Laurin an.

»Was weinet ihr?« Leon Palmaras scharfe Stimme reißt alle mitten hinein in die biblische Geschichte. Rosanna muss ihr Lächeln augenblicklich verschwinden lassen und ihrer bedauernswerten Maria wie gewohnt eine tief bekümmerte Miene verleihen.

»Vor Kälte erstarren wir.«

»Wer kann dafür?«

»O gebt uns doch Quartier.« Aber das macht er natürlich nicht, der Wirt zu Bethlehem. Auch er nimmt die beiden nicht auf, verweigert ihnen den Zutritt in sein Haus. Und so geht es weiter in der alten biblischen Geschichte, von Strophe zu Strophe, bis schließlich am Ende des Liedes der letzte Wirt das flehende Paar zu einem abgelegenen Viehstall außerhalb der Stadt weist.

»Ei, der Ort ist gut für euch; ihr braucht nicht viel, da geht nur gleich!«

Schlussakkord auf der Gitarre. Ergriffenes Innehalten. Damit haben die drei beherzten Darsteller das alte, allen vertraute Herbergslied beendet.

»Wunderbar. Und so schön gesungen.« Dieses Mal ist es die Altbäuerin, die ihrer Ergriffenheit Ausdruck verleiht.

Aber noch ist die Vorstellung der Anglöcklergruppe nicht beendet. Fünf weitere Weihnachtslieder werden den Zuhörern in der Bauernstube geboten. Dabei singen neben den dreien auch die anderen Teilnehmer aus der Gruppe mit. Eine der dargebrachten Melodien hätte vermutlich auch das pochende Vogelherz der kleinen Nachtschwalbe erfreut. Sie hat es schon vorhin gehört, im Freien, auf dem Ast des Ahornbaumes.

*Jetzt fangen wir zu singen an. Halleluja!*
*Vernehmet all, was sich getan. Halleluja!*

In der gut gefüllten Stube der Familie Altleitner ist der Vortrag dieser alten Weise von weitaus mehr Ausdruckskraft geprägt als zuvor, da die Sänger und Sängerinnen im Gänsemarsch über das Feld stapfen mussten und mehr auf ihre Schritte, denn auf die Feinheiten der Intonation zu achten hatten.

*Und hiatz passts auf, ös Leutln all. Halleluja!*
*Ziagts o den Huat und teats enk gfreun. Halleluja!*
*Der Gottes Sohn als kloaner Bua werd unter uns bald sein.*
*Er bringt den Frieden und die Ruah. Halleluja!*

Das letzte *Halleluja* strahlt besonders, als es die Gruppe im perfekt mehrstimmigen Klang, getragen vom Schlussakkord der Gitarre, durch den Raum schallen lässt.

»Hervorragend! Gratulation!«

Die Zuhörer spenden begeistert Applaus. Laurin lässt sich sogar zu einem lauten Jubel hinreißen, begleitet von frenetischem Klatschen.

»Wir danken euch herzlich. Es war einfach großartig!« Der Bauer schüttelt der Sängerschar die Hände. »Dürfen wir euch noch eine Jause anbieten? Wir haben Würste, Speck, Käse, dazu Bier oder ein Glas Wein.«

Bedauerndes Kopfschütteln unter den Darstellern.

»Danke, sehr aufmerksam. Aber wir müssen weiter.« In der Stimme des Heiligen Josef, in Gestalt von Robert Bruchberg, schwingt Bedauern mit. »Wir haben noch etliche Stationen. Und wenn wir am Anfang der Tour bereits etwas essen, dann werden wir schon beim nächsten oder übernächsten Auftritt jammern. Denn mit vollen Bäuchen singt es sich leider nicht gut.«

»Dann wenigstens ein Stück Kletzenbrot, des hat die Johanna selbst gemacht.«

Der Hausherr zeigt auf einen mit Speisen gefüllten Tisch an der Wand.

»Und dazu ein kleines Schnapserl. Ich hätte da eine selbst gebrannte alte Birne anzubieten.«

Die Herren der Gruppe lassen sich zum Birnenschnaps überreden. Drei aus dem Damenquartett lehnen dankend ab. Nur die Leiterin der Supermarkt-Feinkostabteilung greift beherzt zu und langt auch nach einem großen Stück Kletzenbrot.

Bevor die Anglöckler die Stube verlassen, wenden sich zwei von ihnen an die versammelten Zuhörer, August Brettner und Valentina Herbst, von Beruf Bankangestellte. Sie lassen den mitgebrachten Spendenbeutel von Tisch zu Tisch wandern. Die Runde zeigt sich spendabel. Man weiß, dass das hier gesammelte Geld einem besonderen Sozialfonds der Pfarre zugutekommt. Damit werden zu Weihnachten und auch während des Jahres bedürftige Familien unterstützt.

Die Anglöckler bedanken sich abschließend mit einem schlicht und ergreifend vorgetragenen Jodler. Dann verlassen sie die wohlige Atmosphäre des alten Anwesens und stapfen hinaus in die raue Winternacht.

Die schnell einsetzende Kälte verleitet einen eher dazu, mit den Zähnen zu klappern. Aber Rosanna kann sich eines Lächelns nicht erwehren. Erneut sieht sie das kindlich empörte Gesicht ihres Schülers, erinnert sich an Laurins herzhaften Einwurf. »Pah, gemein!«

Zugleich denkt sie an ihre eigene Kindheit. Auch sie war in der Vorweihnachtszeit immer von besonderer Ergriffenheit erfüllt. Sie liebte die szenischen Darstellungen in dieser Zeit, ließ sich von den wunderbaren Liedern mitreißen, war innerlich bewegt.

Schon damals, bei den Hirten- und Krippenspielen in der Schule, durfte sie immer die Maria spielen. Die Rolle der Gottesmutter ist ihr geblieben, bis heute. Sie greift unwillkürlich an ihr Umhängetuch, das sie über Kopf und Schultern trägt, versucht, es am Hals enger zu fassen. Hinter ihr nimmt sie leichtes Keuchen wahr. August Brettner, der »Gustl«, wie ihn alle nennen, ist das eingeschlagene Tempo offenbar ein wenig zu zügig. Rosanna freut sich schon auf die kommende Woche, auf den nächsten Anglöckler-Donnerstag. Auch da würde sie mit den anderen als Maria von Haus zu Haus ziehen. In der Rolle des Heiligen Josef würde zwar auch der immer leicht ruppige

Robert an ihrer Seite singen. Aber in der kommenden Woche würde David mit dabei sein, die Gruppe verstärken, mitspielen, mitsingen. Sie hat mit ihm viel geübt seit Oktober. Ja, er würde mitkommen, das hat er ihr versprochen, so haben sie es ausgemacht. Und heute, quasi zur Einstimmung, wird er sie alle empfangen, als letzte Station der heutigen Tour am ersten Anglöcklerabend in diesem Jahr. Die anderen haben ganz unterschiedlich reagiert, als Rosanna ihnen bei der Probe vor drei Wochen von ihrem Vorhaben erzählte. Valentina, Theresia und Jaqueline zeigten sich erfreut. August Brettner nahm es schulterzuckend zur Kenntnis, ebenso Leon Palmara. Nur Robert Bruchberg hat grimmig protestiert. Es käme gar nicht in Frage, ließ er sich vernehmen, dass ein frisch Zugezogener, der noch nicht einmal ein Jahr im Ort lebt, sich so mir nichts, dir nichts in ihrer ehrwürdigen Runde breitmache. Man müsse schon auf die Tradition schauen. Das geschehe auch in allen anderen Orten, wo Anglöckler unterwegs sind. Die Teilnehmer der Anglöcklergruppen leben allerorts schon seit vielen Jahren in der jeweiligen Gemeinde, sind seit langer Zeit weitum geachtete Mitglieder der Gemeinschaft. Rosanna hat Roberts polternde Einwände gut im Ohr. Sie hat vom engstirnigen Vereinsmeier Robert auch nichts anderes erwartet.

»Also gut«, erwiderte sie. »Wenn ihr meinem Vorschlag nichts abgewinnen könnt, dann steige ich sofort aus!«

Mit dieser Konsequenz ihrerseits hat offenbar keiner gerechnet. Zuerst war Roberts Gesichtsfarbe dunkelrot. Aber dann wurde er immer bleicher, als er mitbekam, dass die anderen heftig protestierten.

»Das kommt ja gar nicht in Frage, dass wir unsere Maria verlieren.« Am resolutesten mit ihrem Einwand wirkte die Resi. »Was immer unser guter Robert da an Bedenken anführt, zählt nicht. Natürlich wird David dabei sein. Wir freuen uns sogar darauf!«

Damit war die Sache erledigt.

Erneut verstärkt Rosanna den Griff ihrer Finger am Wolltuch. Als habe sie eben Rosannas Erinnerungen mitbekommen, ist Theresia Wollmann, die Resi, plötzlich neben ihr, streicht ihr mit der Hand über die Schulter.

»Ich freue mich. Ich war ja noch nie auf Davids Hof. Ich bin schon sehr gespannt, was uns da erwartet.«

Erneut lächelt die Darstellerin der Heiligen Maria. Sie spürt, wie ihr trotz der Kälte ein warmes Gefühl durch ihr Inneres schwimmt. Sie ist auch gespannt, wie David die Gruppe empfangen wird. Rosanna kennt natürlich das kleine Anwesen. Seit September ist sie oft dort gewesen, in letzter Zeit sogar einige Nächte hintereinander. Mitte Oktober hat sie das erste Mal mit David geschlafen. Ihr wird sogar jetzt heiß, wenn sie an diese Nacht denkt. Sie hat ihren Märchenprinz gefunden. Das war ihr sofort klar. Davon ist sie immer noch bis in jede Faser ihres Herzens überzeugt.

»Sollten wir nicht bei ›Jetzt fangen wir zum Singen an‹ das Tempo ein wenig anziehen?« Natürlich. Der immer leicht mürrische Robert, der ewige Besserwisser, hat schon wieder etwas anzumerken.

»Wir wären ja fast eingeschlafen, so langsam waren wir dran. Und das Schlimmste: Die Zuhörer wären beinahe weggedöst. Meinst du nicht, Leon, ein wenig schneller wäre besser?«

Der Gitarrenspieler an der Spitze der Gruppe bleibt abrupt stehen. Fast wäre der Heilige Josef, der auch im Zivilberuf als Bauunternehmer gerne das Kommando führt, in ihn hineingerannt.

»Nein, geschätzter Herr Bruchberg, das empfinde ich nicht so. Wir lagen im Tempo genau richtig. Und ich hoffe, ich muss dich nicht extra daran erinnern, dass ich bei dieser Unternehmung der musikalische Leiter bin. Und das seit Anfang an. Das hat in unserer Gruppe unwidersprochene Tradition. Und auf Tradition, wie du immer gerne zum Besten gibst, habe man stets zu achten. Und jetzt weiter!«

Schon wendet der Gitarrenträger sich wieder um und stapft weiter voraus. Hinter ihm ist ein helles Glucksen auszumachen. Es gehört der Abteilungsleiterin für Feinkost im örtlichen Supermarkt.

Was sind wir nur für eine Truppe?, poltert es in Rosannas Kopf, während sie sich bemüht, Schritt zu halten. Wir singen vor unseren Zuhörern von Friede und Eintracht und herzinniger Gemeinschaft. Und

dazwischen hatschen wir bei Eiseskälte über zuge-
frorene Felder. Dabei wird immer wieder gestichelt,
gestritten, blöd durch die Gegend gekudert, genörgelt!
Wie das wohl bei den anderen Gruppen ist? Vermutlich genauso. Sie hält einen Moment inne und seufzt.
Alles sehr menschlich, oder? Ihre Füße setzen sich wieder in Bewegung. Vorne sieht sie die Lichter am Haus
der Familie Bachmann. Also dann! Sie fasst das Wolltuch noch enger. Dann beschleunigt die Heilige Maria
ihren Schritt, begibt sich nach vorn an die Seite ihres
Mannes. Gleich wird sie wieder neben Josef durch die
Gassen von Bethlehem irren.

*O zwei gar arme Leut!*

Und Leon wird sie als grimmiger Wirt wieder
davonjagen.

*Dort geht hin zur nächsten Tür! Ich hab nicht Platz,
geht nur von hier!*

## 2

Bei den Bachmanns waren sie mit dem Auftritt schneller fertig als bei ihrem ersten Halt. Rosanna hat extra

auf das Tempo bei »Jetzt fangen wir zum Singen an« geachtet. Sie bemerkte keinen Unterschied zur Aufführung davor. Und das war gut so, empfand sie. Nach den Bachmanns folgten weitere drei Stationen bei anderen Familien. Der Spendenbeutel für den Sozialfonds der Pfarre präsentierte sich immer fülliger. Darüber freuten sich alle. Als sie das vorletzte Haus der heutigen Tour verließen, zog Rosanna das Handy aus der Tasche. Sie wollte David verständigen, dass sie schon auf dem Weg zu ihm seien. Aber er meldete sich nicht.

Er war doch hoffentlich zu Hause, schoss es ihr durch den Kopf. Hat er vielleicht den Besuch der Gruppe vergessen? Nein, sicher nicht, beruhigte sie sich, verscheuchte die zweifelnden Gedanken. Sie hat doch zu Mittag noch kurz mit David telefoniert. Er hat ihr versichert, dass er sich auf die Anglöckler freue. Während sie weiter in der Gruppe durch die Nacht stapft, fällt ihr ein, dass David bei ihrem Telefongespräch erwähnte, dass er abends seinen Entenzüchter in Frankreich kontaktieren wolle. Ein Skypevideogespräch. Das kann lange dauern, wie sie aus Erfahrung weiß. Vermutlich ist er immer noch dabei und achtet gar nicht auf sein Handy.

»Was habe ich gesagt? Gegen halb zehn, allerspätestens um zehn. Und jetzt ist es exakt dreiviertel zehn!«

Der Aufschrei von Leon reißt sie aus ihren Gedanken. Ihr Lehrerkollege hat die Gitarre abgenommen und deutet stolz zum Himmel. Auch die anderen starren nach oben. Tatsächlich. Die ohnehin schon löchrig gewordene Wolkendecke reißt auf. Die ersten sichtbaren Lücken werden rasch größer.

»Bravo, Leon! Gratuliere! Du bist einfach super!« Der Jubel der Feinkostabteilungsleiterin hört sich etwas quietschend an. Ihr schwerer Zungenschlag ist kaum zu überhören. Vielleicht hätte die gute Jacky einige der heute angebotenen Schnäpse besser auslassen sollen, kommt es Rosanna in den Sinn.

»Mah, Wahnsinn! Schaut hin! Da Jaga! Einmalig!« Den aufgeregten Ausruf lässt Gustl durch die Winternacht schallen. Der rührige Mitarbeiter der Müllabfuhr pflegt sich im breitesten Dialekt auszudrücken.

Und erneut jubelt er: »Da Jaga!«

Rosanna weiß genau, was der Gustl meint. *Der Jäger!* Die fuchtelnde Hand des Mannes deutet in südliche Richtung auf ein markantes Sterngebilde am Himmel.

»Sehr richtig, mein lieber Gustl!« Leon Palmara kehrt den Lehrer hervor. »Das hast du ausgezeichnet erkannt!«

Rosanna bemerkt es natürlich auch. Und gewiss noch ein paar aus der Truppe. Mit dem Ausdruck »der Jäger« meint Gustl das Sternbild Orion, das sich gut sichtbar über der Bergkette im Süden am Himmel zeigt. Ihr Lehrerkollege Leon Palmara hat schon vor einiger Zeit versucht, sich bei ihr einzuschleimen, indem er demonstrativ bei jeder Gelegenheit sein großes Wissen zur Schau stellte, verbunden mit seinen mannigfaltigen

Fähigkeiten. Leon Palmara ist nicht nur fingerfertiger Gitarrist, nicht nur unermüdlicher Kirchenchorleiter, sondern auch medaillenbekränzter Landesmeister im Armbrustschießen, dazu kundiger Hobbymeteorologe und nahezu allwissender Astronom. Rosanna zieht scharf die kühle Luft ein. Es war ausgerechnet das Sternbild des Orion, mit dem er ihr gleich am Anfang ihrer Begegnung imponieren wollte. Sie erinnert sich. Das ist einige Jahre her. Orion ist eine Figur aus der griechischen Mythologie, ein berühmter Jäger. *Da Jaga,* wie Gustl das begeistert auszudrücken pflegt. Und es gibt auch eine bestimmte Geschichte, die erklärt, warum der antike sagenhafte Jäger den Himmel als Sternbild ziert. Aber die hat Rosanna vergessen.

»Und, Rosanna, wie heißt der größte Himmelskörper in diesem Sternbild? Der rote Riese auf der linken Seite, der zusammen mit Bellatrix auf der anderen Seite die Schulter des Jägers bildet?«

Natürlich, das musste ja kommen. Der Herr Oberlehrer muss sie vor allen anderen prüfen! Und sie dabei zugleich ein wenig an die Zeit erinnern, als er sich mit der Demonstration seines unbändigen Wissens bei ihr einschleimen wollte.

Selbst wenn ihr der blöde Name des Sterns einfiele, irgendein Zungenbrecher, soweit sie sich erinnert, würde sie ihn hier und jetzt auf keinen Fall sagen. Garantiert nicht! Sie sind doch hier nicht in der Schule. Was bildet sich der Kerl ein!

»Beteigeuze. Hat etwa den tausendfachen Durchmesser unserer Sonne. Gehört in die Klasse der roten Überriesen!«

Der eifrigste Mitarbeiter der örtlichen Müllabfuhr hebt bei seiner Antwort sogar die Hand. Wie in der Schule! Rosanna bläst deutlich hörbar die Luft aus.

»Korrekt, Gustl. Hervorragend. Sehr gut, setzen!« Leon Palmara klopft ihm auf die Schulter. Einige in der Runde klatschen. Rosanna stöhnt auf. Sie hat die Nase voll von diesem Theater. Sie will endlich zu David. Doch der Herr Lehrer ist offenbar noch nicht fertig.

»Beteigeuze bildet zusammen mit Sirius und Prokyon das sogenannte Winterdreieck. Das ist gut zu erkennen. Denn diese drei Sterne zeichnen sich durch ihre besondere Helligkeit aus.«

»Mich interessiert nur der Stern von Bethlehem. Wegen dem sind wir doch eigentlich unterwegs, oder?« Es ist Resi, die sich einmischt. Selbst in der Dunkelheit ist das verschmitzte Lächeln der pensionierten Lehrerin zu erkennen.

»Und von denen da oben aus dem sogenannten Winterdreieck hat garantiert keiner über dem Stall gestanden, in dem das göttliche Kind geboren wurde. Oder, Herr Lehrer?«

Jetzt muss auch der Angesprochene lachen. »Nein, Resi, da hast du wie immer recht. Ich gebe zu, es streiten sich heute noch die Gelehrten, worauf die biblische Überlieferung sich bezieht. Vielleicht war die zitierte Erscheinung über Bethlehem ein Komet, vielleicht auch eine bestimmte Konjunktion von Planeten, etwa von Jupiter und Saturn. Aber Sirius, Prokyon oder Beteigeuze kommen als Zeuge für das biblische Wunder eher nicht in Frage.«

»Gut, dann hätten wir das geklärt und können endlich weitergehen«, fügt Resi in ruhigem Ton hinzu.

Leon deutet eine Verbeugung an. »Gut, ich gebe mich geschlagen. Ein anderes Mal dann mehr über die Besonderheiten einiger Sternenerscheinungen auf unserem Winterhimmel.«

Dann lässt der Lehrer und Hobbyastronom Rosanna den Vortritt, sie soll ab jetzt die Gruppe zum Gehöft führen.

David hat den kleinen, seit fast 20 Jahren aufgelassenen Hof mit den zwei Zusatzgebäuden schon im vergangenen Sommer gekauft und im Herbst renovieren lassen. Das wissen die meisten aus der Gruppe. Anfang März ist der IT-Spezialist dann eingezogen und hat, für alle überraschend, mit der Zucht seiner besonderen Hühnervögel begonnen, einer Entenrasse aus Frankreich, deren Fleisch bei Feinschmeckern als Delikatesse gilt. Das kleine Anwesen, das sie jetzt ansteuern, liegt etwas abseits, ist durch einen hohen Buschgürtel entlang eines Baches von der Straße aus nicht einsehbar. Rosanna kennt eine kleine Abkürzung, die mittels einer schmalen Holzbrücke durch die Büsche über den

Bach führt. Bevor sie David kennenlernte, war ihr die Existenz der kleinen Brücke nicht bekannt, obwohl sie in der Gegend aufgewachsen ist. Wenn man durch die Schneise zwischen den Büschen ans andere Ufer des Baches gelangt, ist in rund 400 Metern Entfernung die Gebäudegruppe auszumachen. Man nähert sich dann zu Fuß dem Gehöft von schräg hinten.

Rosanna führt die Gruppe über den Steg und hält mit raschem Schritt auf ihr Ziel zu. Aus einem der unteren Fenster strahlt ein schmaler Lichtstreifen nach außen, wie sie erkennt. Der obere Teil des Hauptgebäudes ist komplett ins Dunkel gehüllt. Wie ich David kenne, hat er garantiert etwas Ausgefallenes zur Begrüßung vorbereitet, denkt Rosanna freudig, da erwartet sie wohl eine ganz spezielle Inszenierung. Vielleicht überrascht er sie auf der Vorderseite des Hauses mit in den Schnee gesteckten Fackeln oder mit silbernen Girlanden, aus denen märchenhaft glänzende Sterne schimmern. Sie kann es kaum erwarten, ihrem Liebsten in die fröhlich blitzenden Augen zu schauen, sich fest an ihn zu schmiegen. Sie beschleunigt nochmals ihren Schritt. Sie erreicht die hintere Ecke des Hauptgebäudes, führt die Gruppe entlang der Mauer zur Vorderseite. Dort angekommen bleibt sie stehen. Die anderen folgen ihrem Beispiel. Keine Fackeln. Schade. Rosanna schaut sich mit leichter Verwunderung um. Auch keine blitzenden Weihnachtssterne. Ein wenig Enttäuschung beschleicht sie. Dann nimmt sie wahr, dass am kleineren der zwei Nebengebäude die große Holztür offen steht. Aha, da drinnen steckt ihr Geliebter also. Dort gibt es die von ihr erwartete Überraschung. Sie wendet sich den anderen zu, legt zum Zeichen des Stillseins den Finger auf ihre Lippen. Die anderen grinsen und nicken. Rosanna bemüht sich, kein Geräusch zu machen, bewegt sich langsam auf die geöffnete Tür zu. Sie blickt kurz zurück. Wunderbar, die anderen sind dicht hinter ihr. Sie erreicht den Eingang, lugt um die Holztür. Im Inneren des Schuppens ist es finster. Keine Sternengirlanden? Wohl doch eine andere Überraschung, die sie erwarten wird. Offenbar hat David ihr Kommen noch nicht bemerkt. Na, dann wird eben er jetzt überrascht sein. Rosanna weiß, wo der Lichtschalter des Schuppens ist. Er befindet sich gleich links hinter dem breiten Türrahmen. Sie schleicht nach vor, ertastet die Ausnehmung, betätigt den Schalter. In der nächsten Sekunde flammen zwei Neonröhren am Deckengebälk auf. Das Innere des Schuppens ist ihr vertraut. Es ist heillos überhäuft mit allerlei Gerümpel. Das sieht man auch jetzt. Am anderen Ende befindet sich eine große Werkbank. Hier hat sie David oft zugeschaut, wenn er Ausbesserungsarbeiten an Verschlagsteilen, Drahtgittern und anderen Werkstücken erledigte, die er für das Gehege seiner Entenvögel benötigt.

Dann sieht sie es.

»Nein!« Eine heiße Welle erfasst ihr Herz.

»Nein!« Der Schock lässt sie taumeln. Die Beine

geben nach. In der nächsten Sekunde wäre sie auf den harten Boden geknallt, würden nicht rasch zupackende Hände nach ihr fassen. Leon und Resi bewahren sie vor dem Sturz. Auch alle anderen starren nach vor. Entsetzen macht sich breit. Am oberen Ende des Schuppens liegt eine Gestalt. Der Körper zeigt sich stark verkrümmt, den Kopf bizarr gegen eine Verstrebung der Werkbank gepresst. Die weit aufgerissenen Augen starren zur Eingangstür.

»Mein Gott, der David!«, kreischt die Bankangestellte schrill.

Aus der Brust des Mannes ragt ein seltsames Gebilde.

»Das ist ein Pfeil!« Das fassungslose Entsetzen in Robert Bruchbergs Stimme ist unüberhörbar. Rasch wirft er einen Blick zu Rosanna. Die junge Frau hängt bewegungslos in den Armen von Resi und Leon.

## 3

Nachtwind kommt auf, fegt sanft durch das blätterkahle Buschwerk am Bach. Zwischen den Ästen der Weidensträucher hockt unser Ziegenmelker. Sein Ausflug zum großen Wald hat wenig eingebracht. Lange musste er suchen, bis er endlich unter einem gefrorenen Laubhaufen zwei winterstarre Käfer entdeckte, die er fressen konnte. Leider kurven zu seinem großen Bedauern im Winter keine Schmetterlinge über die Wiesen. Nicht einmal ein einziger mickriger Nachtfalter ist unterwegs. Im Sommer ist es wahrlich um einiges leichter, sich den Vogelmagen zu füllen, wenn es ringsum nur so wimmelt an fliegenden Insekten. Nein, nächstes Jahr wird er nicht hier bleiben, auch wenn er die Wälder, Wiesen und dichten Buschreihen dieser Gegend besonders liebt. Er wird die anderen in den sonnigen Süden begleiten. Das ist beschlossene Sache! Eine Futtersuchrunde wird er noch machen. Er wird es nochmals in einem anderen Teil des großen Waldes versuchen. Oder soll er doch näher an das Gehöft heranfliegen, um nachzuschauen, was es mit den kreisenden blauen Lichtern auf sich hat. Nein, er wird seinen Entdeckerdrang im Zaum halten und gleich ins Walddickicht starten. Neugierde schön und gut, aber ein halb leerer Magen, der zu füllen ist, geht vor. Er stößt sich ab, spannt die Flügel. Nur einmal äugt er noch kurz zum Hof. Waren es vorhin nicht mehr blaue Lichter? Egal. Sein Ziel ist jetzt die Ansammlung an Bäumen weit vor ihm.

Gruppeninspektor Benno Dralling wirft schnell einen Blick zum Himmel. Dann öffnet er die Tür des zweiten Streifenwagens und stellt auch dort das immer noch kreisende Blaulicht ab. Der Kommandant der örtlichen Polizeiinspektion schaut zum Schuppen. Der Anblick des toten David Lichter hat auch einem lang gedienten Polizisten wie ihm, der schon bei vielen Einsätzen Schlimmes erlebt hat, zugesetzt. Kurz nach 22 Uhr hat sie der Anruf von Robert Bruchberg in der Dienststelle erreicht. Der Leiter der Anglöcklergruppe klang verworren. Aber die gestammelten Angaben reichten den Polizisten, um mitzubekommen, dass am Gehöft von David Lichter etwas Schreckliches passiert war. Sie sind sofort losgestartet, vier Beamte mit zwei Dienstwägen. Beim ersten Blick in den Schuppen war ihnen allen klar: Hier ist ein Verbrechen passiert. Dralling erteilte einem der Kollegen die Anweisung, sich um die verschreckte Anglöcklertruppe zu kümmern. Besonders die Lehrerin machte einen schlimmen Eindruck. Er erklärte, sofort den Notarzt zu verständigen. Den anderen beiden Beamten befahl er, sich aufmerksam im Gelände umzusehen. Der mögliche Täter konnte sich immer noch in der Nähe befinden. Dann verständigte er augenblicklich die Kollegen von der Kripo.

Vor einer Viertelstunde ist die Tatortgruppe zusammen mit der Gerichtsmedizinerin eingetroffen. Sie machten sich unverzüglich an die Arbeit. Jetzt wartet der Postenkommandant auf den zuständigen Ermittlungsbeamten. In der Ferne erkennt er die Scheinwerfer eines Autos. Sie kommen rasch näher. Wenig später steigt ein Mann aus dem Wagen.

Das ist ja Otmar Braunberger!, fährt es dem Posten-kommandanten durch den Kopf. Er erkennt den Kri-pobeamten sofort. Sie hatten vor zwei Jahren bei einem Raubüberfall in dieser Gegend miteinander zu tun.

»Hallo, Otmar, sei mir gegrüßt. Schön, dich wieder einmal zu sehen.«

»Servus, Benno.« Der Angekommene reicht dem Gruppeninspektor die Hand. »Ja, ich habe das große Los gezogen. Kollegin Carola ist seit einer Woche krank. Und unser Chef Martin Merana weilt für drei Tage in Wien bei einer Sicherheitsklausur im Innen-ministerium. Also hat es mich erwischt.«

Der Ortskommandant berichtet ihm in knappen Worten. Er fügt hinzu, dass der verständigte Notarzt angeordnet hat, dass die beim Anblick des Toten kolla-bierte Lehrerin Rosanna Sternfeld unbedingt ins Kran-kenhaus zu bringen sei. Was auch geschah. Der Rest der Anglöcklergruppe wartet im Wohnzimmer des Gehöfts, in Begleitung eines seiner Beamten.

Otmar Braunberger bedankt sich für die kurze Ein-führung. Dann nähert er sich dem Tatort, betritt den Schuppen. Die overallbekleideten Kollegen sind in gewohnter Professionalität am Werk. Die Spezialis-ten markieren und fotografieren Details, führen Ver-messungen durch, untersuchen jeden einzelnen Gegen-stand in diesem an unübersichtlichem Gerümpel nicht gerade armen Raum. Otmar begrüßt Gerichtsmedizi-nerin Eleonore Plankowitz und Thomas Brunner, den

Chef der Tatortgruppe. Er bittet die beiden um eine kurze Zusammenfassung, was sich aus den bisherigen Untersuchungen ergibt.

»Der Pfeil traf den Mann auf der linken Seite in die Brust, vermutlich direkt ins Herz. Aber das kann ich erst genauer sagen, wenn ich ihn bei mir im Institut auf dem Tisch habe.« Die Gerichtsmedizinerin schlägt einen sachlichen Tonfall an, so wie Otmar das an ihr gewohnt ist. »Den Spuren zufolge dürfte er etwa einen Meter nach hinten getaumelt und dann an der Stelle zusammengebrochen sein, wo er jetzt liegt. Ich gehe davon aus, dass der Tod augenblicklich eintrat.«

Der Tatortgruppenchef macht den Abteilungsinspektor auf eine Stelle am Eingang aufmerksam. Einen Meter links vom Türrahmen erkennt Braunberger an der Schuppeninnenwand eine Art Beutel aus abgewetztem Leder. Daraus ragen die Enden von langen Pfeilen hervor.

»Der Tote war ein eifriger Hobbybogenschütze, wie ich vom Ortskommandanten erfuhr. Im Haus befindet sich eine moderne Sportbogenausrüstung. Hier im Schuppen bewahrte David Lichter seine alte, schon ziemlich gebrauchte, Ausrüstung auf.«

»Ich sehe nur den Beutel mit den Pfeilen. Wo ist der Bogen?«

Der Tatortgruppenchef deutet auf das Gerümpel rechts von der Tür.

»Der lag dort drüben, mitten in den Rollen mit Maschendraht.«

Braunberger nickt. »Deine Einschätzung, Thomas?«

»Ich stelle mir den Hergang so vor. Ich gehe eher nicht davon aus, dass die Tat von langer Hand geplant war, sonst hätte der Täter wohl seine eigene Waffe mitgebracht. Es schaut für mich viel mehr nach einer spontanen Aktion aus. Vielleicht gab es einen Streit zwischen Täter und Opfer. Der Disput geriet außer Kontrolle. Der Täter fasst einen Entschluss, reißt den alten Bogen von der Wand, zieht einen Pfeil aus dem Köcher und schießt. Danach schleudert er den Bogen in die Ecke und sucht das Weite. Vielleicht ist er nach dem Mord auch nicht gleich aufgebrochen, sondern hat noch mehr Zeit hier verbracht. Doch das herauszufinden, lieber Otmar, ist nicht meine Aufgabe, sondern deine.«

Der Abteilungsinspektor brummt etwas Unverständliches, klopft dem Tatortgruppenleiter auf die Schulter und verlässt den Schuppen. Draußen bleibt er kurz stehen, lässt die eben gewonnenen Eindrücke auf sich wirken. Er hebt den Kopf. Der Himmel ist klar. Die Wolkenbänke, die noch vor Stunden den Blick auf die Sterne verwehrten, haben sich allesamt verzogen. Was für eine wunderbare Winternacht, denkt Otmar. Ein ideales Ambiente, um in trauter Gesellschaft von Haus zu Haus zu ziehen. Sich die Türen öffnen zu lassen und die in den warmen Stuben wartenden Familien mit Weihnachtsliedern zu erfreuen. Er schaut hinter sich zum Schuppen. Auch David Lichter hat gewartet. Aber sein Herz wurde nicht vom zarten Klang eines Liedes bewegt. Ihn traf ein Pfeil. Brutal. Tödlich.

Der Abteilungsinspektor wendet sich zum Eingang des Hauptgebäudes. Es ist Zeit, sich mit den Anglöcklern zu unterhalten, sie deren Eindrücke schildern zu lassen.

# 4

Er ist um vier Uhr heimgekommen. Abteilungsinspektor Otmar Braunberger hat kaum eine Stunde geschlafen. Seit sieben Uhr sitzt er im Büro, durchpflügt die Notizen, die er sich in der Nacht bei den Gesprächen mit den Teilnehmern der Anglöcklergruppe machte. Da und dort fügt er aus dem Gedächtnis ein paar Bemerkungen hinzu. Er öffnet sein Mailpostfach am PC. Thomas Brunner hat ihm schon frühmorgens die wichtigsten Untersuchungsdaten zukommen lassen. Um acht Uhr holt er sich einen weiteren Rooibostee aus der Polizeikantine. Er hat mit Ortskommandant Benno Dralling vereinbart, sich heute um zehn Uhr nochmals den Tatort, das gesamte Gehöft samt Umgebung, bei

Tageslicht anzuschauen. 20 Minuten nach neun schaltet er den PC aus und steht vom Schreibtisch auf. An der Tür fällt ihm etwas ein. Er wendet sich um, langt nach einem Post-it. »Weihnachtsgeschenk für Hedwig«, schreibt er. Dann klebt er den gelben Zettel an den Flachbildschirm des PC. Fünf Minuten später lenkt er sein Auto aus der Tiefgarage der Polizeidirektion.

Als der Abteilungsinspektor auf dem Gehöft eintrifft, bemerkt er, dass der Ortskommandant schon da ist. Ein weiteres Auto ist neben dem Polizeiwagen zu erkennen. Benno Dralling ist im Gespräch mit einer Frau, die Otmar nicht bekannt ist.

»Ah, da kommt ja der ermittelnde Kriminalbeamte. Agnes, darf ich dir vorstellen. Das ist Otmar Braunberger von der Kripo Salzburg.« Die Frau reicht ihm die Hand, zunächst etwas zögerlich. Doch dann verspürt der Abteilungsinspektor doch den festen Druck ihrer Finger.

»Und das, lieber Benno, ist Agnes Knarzer, unsere Ortsbäuerin. Ich habe sie hergebeten. Jemand muss sich ja um die Enten kümmern. Wenn das von eurer Kriposeite her in Ordnung ist.«

Otmar mustert die Frau. Eine Ortsbäuerin hat er sich anders vorgestellt. Er weiß nicht genau, wie, aber anders. Mehr »trachtig«. Oder zumindest in trachtigen Teilen gewandet. Aber die Person ihm gegenüber trägt dunkle Jeans, einen modisch wirkenden Anorak und Lederstiefel. Ende 30, Anfang 40 schätzt Benno das Alter der Frau. Ihr Gesicht ist fahl. Vielleicht war sie früher einmal hübsch, aber jetzt wirkt sie eher verhärmt, mit tiefen Falten an den Wangen. Das aufgeregte Schnattern ist dem Abteilungsinspektor schon aufgefallen, als er aus dem Wagen stieg. Es dringt aus dem zweiten Nebengebäude. Dieser Schuppen ist etwas größer als jener, in dem man den Toten fand.

»Nein«, erklärt der Abteilungsinspektor, »von unserer Seite spricht natürlich nichts dagegen. Auch uns ist daran gelegen, dass sich jemand der Tiere annimmt.«

Der Ortskommandant wendet sich wieder an die Ortsbäuerin. »Dann schau bitte gleich zu den Enten, Agnes. Futter dürfte genug da sein. Falls es nicht reicht, besorg bitte welches. Die Rechnung gibst du dann mir oder dem Bürgermeister. Wir werden fürs Erste die Enten hier am Gehöft lassen, bis sich klärt, wer für die Erbschaft zuständig ist.«

Die Frau seufzt tief. »Gut, ich übernehme das.« Dann nickt sie dem Kriminalbeamten kurz zu und verschwindet im Gebäude. Das Schnattern wird lauter.

Benno Dralling lässt den Arm kreisen, verweist auf das Areal.

»Wir haben noch keine Information, was nun aus dem Anwesen wird. Wer wird das alles übernehmen? Weißt du schon etwas von der Staatsanwaltschaft?«

Der Abteilungsinspektor schüttelt den Kopf. »Leider nein. Aber sobald ich etwas erfahre, gebe ich dir umgehend Bescheid.«

»Danke! Das Anwesen war ja lange Zeit verwaist. Viele Jahre hat sich niemand dafür interessiert, bis der gute David im Vorjahr das Gehöft kaufte. Und bald darauf ließ er sich nieder.« Beide merken auf. Das Schnattern ist leiser geworden. Gleich darauf verstummt es.

»Ja ja, unsere tüchtige Agnes versteht ihren Job.«

»Sind das besondere Enten?«, will Otmar wissen.

»Und ob«, erwidert der Ortskommandant. Sein Nicken wird stärker, eine Spur enthusiastisch. »Tiere, wie David sie hielt, kannte man in unserer Gegend bislang nicht. Das ist eine spezielle Rasse aus Frankreich. Das Fleisch dieser Enten wird in der Spitzengastronomie sehr geschätzt. Man zahlt gute Preise, habe ich mir sagen lassen.«

David Lichter, 31 Jahre, Geburtsort Wien. Durch den Kopf des Kriminalbeamten tuckern die wenigen Stichworte aus den bisher spärlichen Einträgen zur Person des Toten. Studium in Berlin und London. Mit 23 Jahren Beginn einer erfolgreichen Karriere in der IT-Branche. Verdient mit der Entwicklung spezieller Software für internationale Players in der Baubranche in kürzester Zeit viel Geld. Bisheriger Nachweis: an die zwölf Millionen Euro. Kauf des ehemaligen Krautfelder Anwesens im vergangenen Juli. Seit 3. März dieses Jahres zugleich fester Wohnsitz.

Und jetzt kann ich die wenig detailreiche Kurz-Biografie des Toten ergänzen, denkt Otmar. Erfolgreicher Züchter von Enten für die Luxusgastronomie.

»Du kennst das Anwesen gut, Benno?«

Der Ortskommandant schüttelt den Kopf. »Das zu sagen, wäre übertrieben. Ich bin seit zehn Jahren in unserer Polizeiinspektion, von Anfang an als Postenkommandant. Als das Anwesen noch leer stand, habe ich es kaum wahrgenommen. Aber David hat mir kurz nach Ostern einmal seine Enten gezeigt, und in Verbindung damit gleich das ganze Areal. Wir haben uns bei einer Dorffeier kennengelernt.«

»Na dann, Herr Kommandant, führe mich bitte herum.«

»Jawohl, Herr Abteilungsinspektor.« Benno Dralling tippt augenzwinkernd an die Dienstkappe und schreitet voran. Sie nähern sich langsam dem Schuppen, in dem der Tote lag.

»Ich bin fürs Erste fertig, Benno. Die Enten sind versorgt. Ich schaue kurz vor Abend nochmals nach den Tieren.« Die Frau ist aus dem anderen Gebäude gekommen, stakst auf ihr Auto zu. Sie wirft einen schnellen Blick auf beide Männer, dann fährt sie davon.

»Ich bin froh, dass sich die Agnes um die Enten kümmert«, lässt sich der Ortskommandant vernehmen, während er dem Wagen nachblickt. »Da sind die Tiere wahrlich in besten Händen. Unsere Ortsbäuerin ist eine äußerst tüchtige Frau, und das in vielen Bereichen. Zusammen mit ihrem Mann stellt sie wunderbares Holzspielzeug her. Ich habe vergangene

Woche einen Traktor samt Anhänger als Weihnachtsgeschenk für meinen Enkel gekauft.«

Holzspielzeug? Weihnachtsgeschenk? Otmar Braunberger wird hellhörig. Das wäre doch eine gute Gelegenheit, auch etwas für Hedwig zu erwerben. Er nennt dem anderen sein Anliegen. Der Ortskommandant erwidert mit einem hellen Lachen:

»Kein Problem, Otmar. Die Agnes hat eine Riesenauswahl. Schau einfach auf der Rückfahrt vorbei. Du kannst den Hof gar nicht verfehlen. Er liegt etwa zwei Kilometer in dieser Richtung.« Er weist mit der Hand in die Ferne. »Einfach nach der Busstation die erste Abzweigung links nehmen. Schon bist du da.«

Der Kriminalbeamte bedankt sich. Dann folgt er dem Ortskommandanten weiter durch das Anwesen.

Zwei Stunden später macht Otmar Braunberger sich auf den Rückweg. Er hat die Teamsitzung der Kripo-Mitarbeiter für 13.30 Uhr angesetzt. Da bleibt noch Zeit, um für einen kurzen Besuch den Hof aufzusuchen. Vielleicht kann er tatsächlich aus dem Angebot der Ortsbäuerin ein Geschenk für Hedwig erwerben. Er hält sich an die Angaben des Ortskommandanten, nimmt nach der Busstation die erste Abzweigung und erreicht nach zwei Minuten den Bauernhof. Er parkt den Wagen auf der linken Seite des Hofes. Als er aussteigt, vernimmt er laute Stimmen. Offenbar streiten ein Mann und eine Frau. Das Wortgefecht hört sich heftig an. Er umkurvt den flachen Schuppen und nähert sich vorsichtig dem Hauptgebäude.

»Mir reicht es schon lange!« Braunberger sieht, wie ein etwa 50-jähriger Mann die Tür eines Geländewagens wütend aufreißt, hineinspringt und durch die Einfahrt davonprescht.

Im Eingangsbereich des alten Bauernhauses steht die Frau, die er vor gut zwei Stunden kennengelernt hat. Agnes Knarzer. Die Hausfrau bemerkt sein Näherkommen.

»Ah, da schau her. Der Herr Kriminalist.«

»Grüß Gott, Frau Knarzer. Entschuldigen Sie die Störung. Ich will nur einen Blick auf Ihr Angebot an Holzspielzeug werfen, wenn es gestattet ist. Der gute Benno hat mir davon erzählt. Ich suche ein ganz besonderes Weihnachtsgeschenk für die Tochter einer Arbeitskollegin.«

Er weiß nicht, wie er ihren Gesichtsausdruck deuten soll. Ist sie überrascht, ein wenig ratlos, ungehalten?

Er versucht es mit einer humorvollen Bemerkung und deutet zur Hofeinfahrt. »Ich hoffe, ich habe nicht einen potenziellen Kunden erzürnt und vertrieben?«

Sie dreht sich um. Er kann ihr Zähneknirschen hören.

»Nein, das war mein Mann. Folgen Sie mir bitte!«

Ui, da ist er wohl, anstatt die Situation aufzulockern, gleich mit beiden Beinen in den Fettnapf gesprungen. Die Hausfrau verschwindet im Eingang. Er geht hinterher. Unwillkürlich bleibt er erstaunt stehen. Der Anblick, der sich ihm bietet, ist nahezu bizarr, und zugleich beeindruckend. An den Wänden, an den beiden Stiegenaufgängen zum oberen Stock, in der großen Stube, in die er durch die weit geöffnete Tür blicken kann, hängt eine stattliche Anzahl ganz unterschiedlicher Jagdtrophäen. Mächtige Hirschgeweihe, Köpfe von Steinböcken, Trophäen von Gamswild und Rehböcken, dazu ausgestopfte Marder, Auerhähne, sogar einen Büffelkopf kann er ausmachen. Der Hausherr, der vorhin zornig mit dem Geländewagen das Weite suchte, ist offenbar ein begeisterter Jäger.

»Wir müssen in den oberen Stock.« Die Frau deutet nach oben, nimmt die erste Stufe. Die Treppe knarrt leise. Er wirft noch schnell einen Blick auf ein besonders prächtiges Exemplar an geschwungenen kraftvollen Hörnern. Die dürften von einem Mufflon stammen, vermutet er. Dann folgt er der Hausfrau. Im oberen Stockwerk angekommen, betritt sie ein großes Zimmer auf der rechten Seite. Wieder bleibt Otmar Braunberger abrupt stehen. Was für ein Anblick! Was für ein Gegensatz zu dem vorhin Gesehenen. Draußen der Anblick hemmungsloser Jagdleidenschaft, mächtigen Trophäen von getöteten Tieren. Und hier herinnen eine wahre Märchenwelt. Eine Pracht für ebenso unschuldige wie freudig pochende Kinderherzen. Spielzeug, soweit das Auge reicht. Otmar lässt seinen Blick durch den Raum streifen. Er sieht zwei Kasperletheater mit lustigen Figuren neben drei Bauernhöfen, umringt von putzigen Tieren, daneben Feuerwehrautos, Kranwägen, Waldtiere, Zwerge, Jäger, Lindwürmer, eine urige Tischlerwerkstatt, ein riesiges Märchenschloss und vieles mehr, was jedes Kindergesicht zum Leuchten bringt. Er hat sich schnell entschieden. Er nimmt den Holzzug, der ihm schon beim Eintreten aufgefallen ist. Die urig wirkende Lokomotive, geformt aus einer knorrigen Baumwurzel, gefällt ihm besonders.

»Ich hoffe sehr, die Tochter Ihrer Kollegin hat Freude daran«, bemerkt Agnes Knarzer, während sie das Spielzeug einpackt.

Das wird Hedwig garantiert. Davon ist Otmar fest überzeugt. Er beobachtet die Frau bei ihrer Tätigkeit. Ihre Gesichtszüge scheinen immer noch angespannt. Sie macht einen mürrischen Eindruck. Oder liege ich mit meiner Einschätzung falsch? Ist es nicht Traurigkeit, die aus ihren Augen schimmert? Vielleicht macht ihr etwas tief im Inneren sehr zu schaffen. Der Streit mit ihrem Mann? Egal. Das ist nicht seine Angelegenheit. Er hat sich um die Aufklärung eines Mordes zu kümmern. Er bezahlt die Rechnung, rundet den Betrag großzügig auf und bedankt sich. Dann geht er.

Zurück im Präsidium führt ihn der erste Weg in sein Büro. Er nimmt lächelnd das Post-it vom PC, wirft es in den Papierkorb. Hedwig wird einen lustigen, etwas knorrig wirkenden, in jedem Fall außergewöhnlichen

Zug mit Lokomotive und zwei Waggons unter dem Christbaum finden. Das zumindest hat er jetzt schon erledigt. Alles andere wird sich finden. Er startet den Rechner und druckt sich die Unterlagen aus, die er für die gleich anschließende Besprechung braucht. Er langt nach den Seiten und begibt sich schnell zum Besprechungsraum im Erdgeschoss. Bis auf Thomas Brunner sind alle aus dem Team versammelt. Zwei Minuten später trifft auch der Chef der Tatortgruppe ein. Braunberger bittet ihn, den versammelten Kollegen einen kurzen Überblick zum bisherigen Stand der Ermittlungen zu geben. Thomas Brunner öffnet den mitgebrachten Laptop, aktiviert zugleich den Beamer und lässt die ersten Tatortbilder auf dem großen Screen an der Wand erscheinen. Er kommentiert das Dargestellte, kurz und präzise.

»Wir haben auch schon ein Statement aus der Gerichtsmedizin. Frau Dr. Plankowitz ist sich ziemlich sicher, was den Todeszeitpunkt anbelangt. Zwischen 18 und 19 Uhr. Keinesfalls früher, wie sie erläutert, eventuell eine Viertel- bis halbe Stunde später.«

Der Abteilungsinspektor bedankt sich. Dann präzisiert er seine Eindrücke, die er in der Nacht am Tatort gewann, ergänzt sie mit Details aus seinen vormittäglichen Recherchen bei Tageslicht. Er verteilt die Aufgaben. Ortsbewohner befragen, nach möglichen Zeugen forschen, das private und berufliche Umfeld des Toten durchleuchten. Routinearbeit, wie sie es gewohnt sind. Das wird dauern, das ist jedem klar. Außer es glückt jemandem aus der Runde der berühmte Zufallstreffer. Aber das passiert so gut wie nie. Auch das wissen sie. Braunberger beendet die Sitzung.

Der Abteilungsinspektor kehrt zurück ins Büro. Er hat noch etwas Wichtiges zu erledigen. Er wirft schnell einen Blick auf die Notizen, die er sich in der Nacht während der Befragung der Mitglieder der Anglöcklergruppe gemacht hat. Zehn Minuten später greift er nach dem Autoschlüssel. Eine wichtige Befragung wartet noch auf ihn.

Ihr Kopf ist dumpf. Die Augen schmerzen. Sie vermag nicht mehr zu weinen. Die Tränen sind versiegt. Alles, was sie spürt, ist der tiefe Riss, der in ihrem Inneren klafft. Eine riesige Leere. Bis gestern war sie erfüllt mit Bildern, Träumen, Zukunftsplänen, mit Davids lachenden Augen, mit dem aufregenden Gefühl, wenn seine liebevollen Hände, seine heißen Lippen sie berührten. Jetzt ist nur noch Schwärze in ihr. Trauer. Eine dunkle Wand aus abgrundtiefer Trauer.

Ihre Augen richten sich zum Fenster. Draußen ist es grau. Nicht einmal ein Schimmer an Sonnenstrahl ist zu erkennen. Es ist ihr egal. Ihr müder Blick streift weiter durch das Zimmer. Die Ärzte wollen sie erst morgen nach Hause gehen lassen. Auch das ist ihr egal. Was soll sie daheim? All die Tage, die vielleicht noch kommen, sind ohnehin von tiefer Leere geprägt. Freudlos. Jeglichem Leben fern. Ohne David.

*Wer klopfet an?*

Warum schießt ihr ausgerechnet jetzt diese Zeile aus dem Herbergslied durch den Kopf? Sie wird bei diesem Spiel nicht mehr mitmachen. Sie wird nie mehr in die Rolle der Gottesmutter schlüpfen, um irgendwelche Nachbarn in irgendwelchen Häusern mit Spiel und Gesang zu unterhalten. Davids brutaler Tod hat alles geändert.

*Wer vor der Tür?*

Ja, darauf hätte auch sie brennend gerne eine Antwort. Wer war vorgestern Nacht vor Davids Tür? Wer stand draußen?

*Wer vor der Tür?*

Hat David diese Frage gestellt? Im Gegensatz zu den hartherzigen Wirten war sein Tonfall sicherlich freundlich. David war stets ein liebevoller Mensch. Genau so hat sie ihn erlebt, erspürt. Wusste er gestern, wer vor seiner Tür stand? Aber vollkommen anders zum biblischen Spiel, das sie jeden Advent aufführen, stand draußen nicht die Freundlichkeit. Da war gewiss keine Spur von der Offenherzigkeit, die das biblische Paar ausstrahlt. Nein, gestern stand draußen die Brutalität. Der Tod war da.

Er hat sich Einlass verschafft und zugeschlagen. Davids Leben wurde ausgelöscht und ihres gleich mit dazu.

Es klopft.

Sie erschrickt. Eine Welle von Panik flutet durch ihren Körper.

*Wer vor der Tür?* Kommt der Tod jetzt zu ihr?

Vorsichtig wird die Tür geöffnet. Am Eingang zum Krankenzimmer erscheint ein Mann.

»Grüß Gott, Frau Sternfeld. Abteilungsinspektor Otmar Braunberger. Wir haben Mittag miteinander telefoniert.«

Das Zittern lässt nach. Sie atmet tief durch. Stimmt. Das hat sie völlig vergessen. Der nett klingende Beamte hat am Telefon erwähnt, dass er eben auf der Fahrt ins Präsidium sei. Und dass er gleich nach der Teambesprechung sie im Krankenhaus besuchen wolle. Und jetzt ist er offenbar hier.

»Kommen Sie bitte herein.« Wieder erschrickt sie. Dieses Mal über den Klang ihrer Stimme. Der Polizist tritt näher.

Otmar Braunberger schaut sie lange an. Er fragt nicht, wie es ihr geht. Er sieht es auch so. Schlecht. Sehr schlecht. Ein Bündel aus tiefem Schmerz und Kummer kauert unter der weißen Krankenhausdecke. Er nimmt sich vor, behutsam vorzugehen. Aber ein paar Fragen muss er ihr stellen.

Er gibt seiner Stimme einen beruhigenden Klang und fängt an.

»Die anderen Teilnehmer aus Ihrer Gruppe erzählten mir, dass es Ihre Idee war, das Anwesen von David

Lichter als letzte Station Ihrer ersten Anglöcklertour aufzusuchen. Und Sie hätten auch vorgehabt, ab der zweiten Woche David mit in die Gruppe zu nehmen.«

Sie nickt. Zugleich füllen sich ihre Augen mit Wasser. Das verwundert sie. Offenbar schlummern doch noch ein paar Tränen in ihr.

Braunberger fragt vorsichtig weiter. Er erfährt, dass Rosanna und David sich beim großen Dorffest Anfang September kennengelernt haben. Aus dem anfänglichen Flirt war schnell mehr geworden. Etwas Tiefes, Wunderbares, wie sie immer wieder betont. Die beiden haben auch intensiv gemeinsame Pläne besprochen. Das ging weit über verliebtes Schwärmen hinaus, wie sie ihm unter Tränen bestätigt.

»Stand Herr Lichter vor der Begegnung mit Ihnen in einer Beziehung?«

Sie schüttelt langsam den Kopf.

»Bevor er in unser Dorf kam, hat David in London und in Wien gewohnt. Da hatte er schon Freundinnen. Aber nichts Ernstes, wie er mir erzählte. Seit er hier war …«

Er bemerkt ihr Zögern.

»Ja?«

»Seit er hier war …« Erneut zögert sie.

Ist es ihr traumatisierter Zustand, dass sie nach den richtigen Worten sucht?

»… seit David hier war, gab es keine Beziehung zu einer Frau. Nur dann zu mir, ab September.«

»Sind Sie sicher?«

Ihr Nicken kommt schnell. Vielleicht eine Spur zu schnell, überlegt er. Er will nicht weiter nachbohren.

»Haben Sie irgendeine Erklärung für diesen schrecklichen Vorfall? Sie können mir alles sagen. Und sei es nur eine Ahnung, die Sie bewegt.«

Ihr Kopf zuckt, sie schüttelt ihn heftig. Ein heftiges Beben erfasst ihren Körper.

»Nein.« Er lässt seinen Blick auf ihr ruhen, spürt, dass die Fragerei sie sehr mitnimmt.

»Ich lasse Sie jetzt in Ruhe, damit Sie sich ein wenig erholen können, Frau Sternfeld.

Falls Ihnen noch etwas einfällt, dass Sie mir sagen möchten, rufen Sie mich bitte an.«

Sie schafft es zu nicken.

Dann geht er.

Während der Rückfahrt lässt er das Gespräch noch einmal durch seinen Kopf wandern. Erneut kann er sich des Eindrucks nicht erwehren, dass sie eigentlich noch etwas sagen wollte, oder zumindest andeuten. Sie hat es nicht getan. Wahrscheinlich war sie sich dessen selbst nicht sicher.

Langsam lenkt er den Wagen durch die Straßen der Stadt. Auslagen, Häuser, selbst die Busstationen sind weihnachtlich geschmückt. Überall erkennt er fröhliche Menschen. Viele von ihnen haben offenbar eingekauft, führen bunt verpackte Geschenke in den großen Taschen. Allerorts eine festliche, friedliche Stimmung.

Freude auf allen Seiten. Nur er muss sich mit einem brutalen Mord beschäftigen.

Aber er wird den Fall aufklären. Garantiert. Seine Stimmung hebt sich, als er das Präsidium erreicht.

»Ich habe etwas für dich.«

Braunberger sitzt schon wieder am PC, hebt den Kopf. Thomas Brunner steht in der Tür.

»Da bin ich aber gespannt.« Der Chef der Tatortgruppe nimmt Platz.

»Mit Lichters PC und Tablet sind wir leider noch nicht weitergekommen. Es ist auch alles andere als leicht, die Geräte eines verdammt guten IT-Spezialisten zu knacken, wenn du keinen einzigen Zugangscode hast. Aber wir bleiben dran. Dafür habe ich das hier.«

Er legt ein Smartphone auf Otmars Schreibtisch. Der Abteilungsinspektor erkennt David Lichters Handy. »Beim Zugang dazu waren wir mithilfe des Netzbetreibers erfolgreicher. Hör bitte zu, was wir in den Anrufeingängen der Mobilbox gefunden haben.«

Er wischt über das Display. Gleich darauf ist eine Männerstimme zu hören. Sie klingt aufgeregt.

»Hallo, David. Ich habe deine Nachricht gelesen. Großartig, dass du diesem dreckigen Schurken Bruchberg endlich auf die Spur zu kommen scheinst. Ruf mich bitte zurück wegen Treffen.«

»Der Anruf stammt von gestern Abend 19.17 Uhr.«

»Wie ich dich kenne, weißt du natürlich auch, wer da spricht?«

»Selbstverständlich. Sonst wäre ich gar nicht in dein Büro geplatzt.«

Otmar Braunberger hat von seinem Tatortgruppenchef auch nichts anderes erwartet.

»Angerufen hat Adrian Lull.«

Der Abteilungsinspektor horcht auf. »Lull? Kommt der nicht aus der Baubranche?«

»Ja, ganz richtig. Das ist der Chef von Lull-Bau. Die Firma ging vor drei Monaten in den Konkurs. War in allen Medien.«

»Und mit dem ›dreckigen Schurken Bruchberg‹ ist wohl niemand anderer als Robert Bruchberg gemeint, Chef der Anglöcklergruppe, die gestern David Lichter besuchen wollte. Und wenn er nicht gerade ›Wer klopfet an?‹ trällert, dann ist, wie wir wissen, auch Herr Bruchberg in der Baubranche tätig.«

»Du sagst es. Und weil du sicher den Anrufer so schnell wie möglich befragen willst, habe ich für dich Adrian Lulls Telefonnummern, unter denen er normalerweise erreichbar ist.« Er streckt dem Ermittlungsleiter einen Zettel hin. Dieser wählt zuerst die Handynummer. Nur die Mobilbox ist hörbar. »Hier spricht Adrian Lull …« Braunberger beendet den Anruf am Handy, wählt die Festnetznummer.

Fünfmal ertönt das Piepen des Freizeichens, dann meldet sich jemand.

»Lull, guten Abend …« Es ist die Stimme einer Frau. Sie klingt nett.

»Kaufen Sie mir bitte ein Los ab. Es ist für einen guten Zweck. Und es gibt auch ganz, ganz tolle Preise bei unserer Christkindl-Tombola.« Die Frau im beigen Wintermantel mit den auffallend mahagonifarbenen Knöpfen blickt auf den Knirps, der sich vor ihr aufpflanzt. Auf dem Kopf trägt er eine Wichtelmütze. Er gehört zur Kindergruppe der Weihnachtswichtel, die auf diesem Adventsmarkt unterwegs ist.

»Ja, junger Mann. Wenn das so ist, dann gib mir bitte zehn.« Der Bub kramt in seinem roten Umhangbeutel und zieht nacheinander zehn zusammengerollte Lose hervor. Die Frau drückt ihm einen 20-Euro-Schein in die Hand. »Stimmt schon.« Die Wichtelmütze mit dem Fransenbommel gerät in Bewegung. Der Kleine schüttelt den Kopf. »Aber die Lose kosten nur 1,50 Euro pro Stück. Da bekommen Sie noch etwas zurück.«

»Ich weiß, lieber fleißiger Wichtel. Aber das passt so. Es ist ja für einen guten Zweck, nicht wahr?«

Die Augen des Kleinen beginnen zu leuchten. »Danke! Sie sind aber eine sehr nette Dame.«

Henriette lacht. »Danke, das ist ein ganz nettes Kompliment. Und jetzt sieh zu, lieber Wichtel, dass du auch noch den Rest deiner Lose für die Christkindl-Tombola loswirst.«

»Das schaffe ich schon. Auf Wiedersehen.« Er stürmt davon, vier schnelle Schritte, dann stoppt er, schaut rasch zurück. »Und frohe Weihnachten!« Gleich hält er wieder eiligst auf die Glühweinhütte zu, vor der sich einige Leute befinden, präsentiert seinen Beutel mit den Losen. Henriette blickt sich um. Sie liebt diesen kleinen Weihnachtsmarkt. Die hellen Hütten aus Lärchenholz kauern sich um den rasch ansteigenden Hügel. Oben auf der Hügelkuppe streckt die schmucke Dorfkirche ihren spitz zulaufenden Turm in den Himmel. Das Dach des kleinen Gotteshauses erstrahlt im Glanz des Schnees. Seit vier Jahren gönnt Henriette sich zur Adventszeit ein paar romantische Tage in dieser bezaubernden Gegend nahe der Stadt Salzburg. Heuer bleibt sie sogar eine ganze Woche. Den Adventsmarkt in diesem Dorf entdeckte sie zwar erst im Vorjahr, aber sie hat sich auf Anhieb in den weihnachtlichen Zauber verliebt, der sich ihr hier bietet. Henriette ist, was Weihnachtsmärkte anbelangt, schon einigermaßen verwöhnt. Auch in ihrer Heimatstadt Kassel gibt es eine besondere weihnachtliche Attraktion. Den beliebten Märchenweihnachtsmarkt in der Innenstadt. Mindestens zweimal pro Woche trifft Henriette dort ihre Freundinnen, taucht ein in das prachtvolle Lichtermeer, bummelt von einer Attraktion zur nächsten.

»Darf ich Ihnen ein Stück Früchtebrot anbieten?« Henriette wendet den Kopf. Die Frau in der einladend verzierten Hütte weist auf einen großen Keramikteller, auf dem sich eine appetitliche Ansammlung an Süßigkeiten befindet. »Das schaut ja alles sehr verlockend aus.« Henriette kommt näher, lässt ihre Augen über die Köstlichkeiten streifen. »Ich nehme an, Sie machen auch die Lebkuchensterne selbst.«

»Ja, natürlich.«

Henriette greift zu, beißt in ein Lebkuchenstück. »Hmm, wie wunderbar. Das schmeckt wie in meiner Kinderzeit bei meiner Oma. Davon nehme ich gerne eine ganze Packung.« Sie bekommt das Gewünschte. Gerade, als sie das Backwerk in der Tasche verstauen will, vernimmt sie plötzlich, was sie schon längst erwartet hat. Den Klang von Bläsermusik.

»Ah, endlich.« Sie dreht sich um und blickt hinauf zur Kirche. Auch alle anderen Besucher, die sich zwischen hellen Hütten tummeln, schauen nach oben. Zwei Scheinwerfer schälen das kleine verschneite Gotteshaus aus der abendlichen Dunkelheit. Die Kirche ist umgeben von einer hüfthohen, schneebedeckten Mauer aus Natursteinen. Hinter dieser Mauer präsentiert sich das Ensemble. Auch die Musiker werden von kleinen Lichterkegeln angestrahlt.

Henriettes Brust entgleitet ein wohliger Ausruf der Freude. Schon im Vorjahr war sie von der herzbewegenden Stimmung gerade auf diesem Adventsmarkt begeistert. Als sie das letzte Mal hier war, ließ eine Gruppe von Hornisten weihnachtliche Klänge über die

Köpfe der Besucher schweben. Heute sind es offenbar Posaunen, aus denen die erste weihnachtliche Melodie strömt, wie sie feststellt. Schon bei den ersten Tönen erkennt Henriette das Stück. Ach, sie liebt es. Sie flüstert leise den Text mit, der dem Lied zugrunde liegt, dessen Melodie nun über ihnen schwebt.

*Macht hoch die Tür, die Tor macht weit.*
*Es kommt der Herr der Herrlichkeit.*

Sie hört, summt ein wenig mit, spürt, wie ihr nicht nur im Herzen, sondern im ganzen Körper wohlig warm wird. Am Ende der ersten Darbietung wendet sie sich flüsternd an die Frau in der Hütte. »Woher kommen diese wunderbaren Bläser? Hier aus dem Ort?«

»Nein, die Musiker aus unserer Dorfkapelle sind erst morgen, am Sonntag, im Einsatz. Vielleicht haben Sie da auch Zeit. Ich bin ganz sicher hier, und alle meine Köstlichkeiten auch. Die Posaunisten, die wir hören, kommen aus der Stadt, ich glaube, aus dem Ortsteil Maxglan.«

Und schon wird die Nacht von den Klängen der nächsten Bläsergabe erfüllt. Im Charakter wirkt dieses Stück ruhiger als das vorhin Gehörte. Fast abwartend finden die Töne ihren Weg zu den Zuhörern. In der Anmutung aber innig und weich berührend. Auch diese Melodie kennt Henriette.

*Es ist ein Ros' entsprungen aus einer Wurzel zart.*
Wieder summt sie ein wenig mit.

*Wie uns die Alten sungen, von Jesse kam die Art.*
*Und hat ein Blümlein bracht. Mitten im kalten Win-*
*ter ...*

Was kann es zur Vorweihnachtszeit Schöneres geben, denkt Henriette, als hier auf diesem Platz zu sein? Ringsum die romantischen Holzhütten, eine jede auf besondere Weise geschmückt. Mit verlockenden Angeboten, die Kinderherzen genauso erfreuen wie die Augen der Erwachsenen. Spielzeug, Christbaumschmuck, Kerzen, Prachtgeschirr und die Vielfalt an weihnachtlich süßen Köstlichkeiten. Und dazu die vielen Besucher des Marktes. Einige halten einander sogar an den Händen, blicken hoch zum märchenhaft bestrahlten Gotteshaus, bewundern die Musiker, die mit ihren feierlichen Klängen für den weihnachtlichen Zauber sorgen.

»Und es fängt auch noch zu schneien an.« Henriette fühlt die ersten Flocken auf ihrem Gesicht.

»Nein, viel kitschiger geht es wirklich nimmer«, bemerkt die Marktfrau in der Hütte und drückt Henriette ein Glas mit duftendem Punsch in die Hand.

»Den bekommen Sie von mir. Der geht aufs Haus.«

Die Bläser auf der Anhöhe lassen sich vom einsetzenden Schneefall nicht irritieren. Die Weisen, die sie zum Besten geben, können sie auswendig. Es gibt also keine Notenblätter, die vom Schnee bedeckt werden könnten. Den Schlussakkord des allerletzten Stückes ihrer

Darbietung lassen sie besonders lange ausklingen. Die Besucher sind begeistert, schicken Applaus und immer wieder Jubelrufe zu ihnen herauf. Die vier verbeugen sich mehrmals, dann wenden sie sich um. Ein Mann kommt auf sie zu. Er greift in seine Jackentasche.

»Guten Abend, die Herren. Ich bin auf der Suche nach Herrn Adrian Lull.« Unwillkürlich schauen die anderen zum Bassposaunisten.

»Ja, was kann ich für Sie tun?«, fragt dieser verwundert.

Der Mann zückt seinen Ausweis.

»Abteilungsinspektor Braunberger. Ich bin von der Salzburger Kripo.« Die anderen drei blicken erstaunt zu ihrem Kollegen.

»Hey, Adrian. Wirst eingesperrt, weil du bei Adeste fidelis statt F ein Es gespielt hast?«, bemerkt einer der Musiker lachend.

»Sie überschätzen mich gewaltig«, erwidert Otmar und lacht ebenfalls. »Es statt F. Das hätte ich nie und nimmer gehört. Nein, ich habe nur ein paar Fragen.« Er blickt nach oben. Der Schneefall wird dichter. »Aber vielleicht können wir das an einer anderen Stelle schnell hinter uns bringen.«

»Ich habe zwar keine Ahnung, was Sie von mir wissen wollen«, brummt der Bassposaunist. »Aber wir können kurz in den Pfarrhof schauen. Dort hängt auch mein Mantel.«

Braunberger ist einverstanden. Kurz darauf sitzt er

dem Mann in einem kleinen Zimmer gegenüber, das ihnen die Köchin des Pfarrers angeboten hat.

»Danke, Herr Lull, dass Sie sich ein paar Minuten Zeit für mich nehmen. Übrigens hat mir Ihre Gattin am Telefon gesagt, wo ich Sie finde. So bin ich zum unerwarteten Genuss einer besonderen weihnachtlichen Stimmung gekommen. Ich habe die Darbietung zwar nicht von Anfang an gehört, aber die drei letzten Stücke konnte ich genießen. Wunderbarer Klang, den Ihr Quartett zu bieten imstande ist.«

Der Musiker blickt ihn mit irritiertem Blick an. Offenbar weiß er mit dieser Einleitung wenig anzufangen.

»Danke. Es hat ganz gut gepasst«, antwortet er schließlich. »Bis auf zwei falsche Töne meinerseits. Und einmal hat die zweite Posaune mit Verspätung eingesetzt. Aber Sie sind sicher nicht wegen der weihnachtlichen Stimmung unserer Stücke gekommen. Also, Herr Abteilungsinspektor, was kann ich für Sie tun?«

Otmar Braunberger will gar nicht lange herumreden, er kommt direkt auf den Punkt.

»David Lichter. Der Name ist Ihnen gewiss bekannt?«

Die forsche Miene im Gesicht des Gegenübers erlischt. Ein Ausdruck des Bedauerns macht sich breit.

»Ja, schreckliche Geschichte. Ich habe heute Mittag davon gehört, einer meiner Musikerkollegen hat mir davon erzählt.« Er schaut dem Kriminalbeamten in die Augen. »David soll Opfer eines Verbrechens geworden sein? Stimmt das?«

»Davon gehen wir aus.« Er zieht das Handy aus der Tasche. »Ich darf Ihnen etwas vorspielen.« Als der Mann seine eigene Stimme hört, wächst der ungläubige Ausdruck in seinem Gesicht.

»Ja, ich habe gestern Abend versucht, David zu erreichen, und nur die Mobilbox seines Handys erreicht.« Sein Blick verhärtet sich, die Augen werden schmal.

»War er da schon tot?«

Braunberger geht nicht auf die Frage ein.

»Was meinten Sie damit, dass Herr Lichter *dem dreckigen Schurken Bruchberg endlich auf die Spur* zu kommen schien?«

Unmittelbar flackert es in den Augen seines Gegenübers. Auch die Stimme des Mannes wird lauter.

»Meine Firma ist vor drei Monaten den Bach runtergegangen. Konkurs! Sie haben sicher davon gehört.«

Braunberger nickt. »Ja, das ist mir bekannt.«

Das zornige Flackern in den Augen verstärkt sich.

»Dabei hatte ich einen ganz dicken Fisch am Haken. Den Krankenhausumbau. Auftragsvolumen von rund 15 Millionen Euro! Und ich sage Ihnen: Mein Angebot war erstklassig. Das konnte keiner toppen!« Wie zur Bestätigung lässt er die geballte Faust in die flache Hand klatschen. »Das weiß ich haargenau. Dafür bin ich schon zu lange in der Branche tätig. Und plötzlich. Was passiert? Wumm!« Erneut klatscht die Faust in die Handfläche. »Wie aus dem Nichts entscheidet die Vergabeabteilung des Landes sich über Nacht für jemand anderen.« Die Stimme wird deutlich lauter. »Für die Firma von Robert Bruchberg.« Erneutes Faustklatschen. Der Mann registriert offenbar sein Aufgebrachtsein. Er wird eine Spur ruhiger. »Ich habe sofort nachgestöbert. Und ich bin heute noch felsenfest davon überzeugt, dass die Sache bis zum Himmel stinkt. Ich bin mir absolut sicher, Bruchberg hat jemand aus dem Kreis der Entscheidungsträger geschmiert. Vielleicht sogar mehrere. Und damit einen wohl gehörigen Betrag. Aber soviel ich auch nachstöberte, ich konnte es nicht beweisen.« Wieder ertönt das Faustklatschen.

»Was hat das mit David Lichter zu tun?«

Die Augen des Bauunternehmers werden größer. »Na, er ist doch der IT-Wunderguru ...« Er hält kurz inne. Dann fährt er in etwas ruhigerem Ton fort. »Pardon, er *war* der IT-Oberschlauberger. Ich habe David im März zufällig in einem Lokal bei uns in Maxglan kennengelernt. Er hat mir mit großem Entzücken von seiner Hausvogelzucht erzählt, von seinen französischen Wunderenten mit dem besonders geschmackvollen Fleisch. Ich fand ihn von Anfang an sympathisch. Mir gefiel seine Begeisterung. Also habe ich ihm den Kontakt zu meinem Cousin vermittelt. Der führt in

Tirol ein Luxusrestaurant mit kulinarischen Topangeboten für Spitzengourmets. Die beiden kamen gleich ins Geschäft. David war überglücklich. Er sagte mir, er würde sich freuen, wenn er sich einmal bei mir revanchieren könnte. Es ist ja nicht so, dass der gute David auf die Einkünfte aus der Gastronomie angewiesen war. Der hat sich mit seinen IT-Programmierergeschäften ohnehin eine goldene Nase verdient. Aber er freute sich wie ein kleines Kind, dass er durch mich einen exzellenten und sehr sympathischen Abnehmer für das Fleisch seiner Enten gewonnen hatte. Ja, und als dann meine Firma in die Grube rasselte und mein Verdacht stärker wurde, dass dieser Bruchberg ein mehr als schmutziges Spiel führte, da wandte ich mich an David. Er versprach, sich darum zu kümmern. Und gestern Nachmittag erhielt ich dann diese Nachricht von David.«

Er langt in die Tasche seiner Weste, zieht ein Handy hervor. Nach ein paar Handgriffen hält er es dem Kriminalisten entgegen.

»Hi, Adrian. Wegen dieser Bruchberg-Sache. Ich glaube, ich habe etwas gefunden. Melde dich bei mir.« Er legt das Handy auf den Tisch.

»Leider war ich gestern sehr beschäftigt und habe die Nachricht erst am Abend entdeckt. Ich habe sofort angerufen, aber nur Davids Mailbox erreicht.«

Jetzt wirkt der Mann ein wenig müde. Er lehnt sich zurück.

»Was meinen Sie? Könnte Herr Bruchberg irgendwie mitbekommen haben, dass David Lichter ihm im Internet hinterherspionierte?«

Adrian Lull richtet sich auf.

»Ich bin da leider kein Experte, Herr Braunberger. Deshalb habe ich mich ja an David gewandt. Aber diesem Bruchberg, dem traue ich alles zu! So verschlagen, wie der ist!«

Könnte da etwas dran sein?, überlegt der Abteilungsinspektor, nachdem er Adrian Lull entlassen hat und seinen Dienstwagen zurück Richtung Stadt lenkt. War der Leiter der Anglöcklergruppe zugleich als mordender Bogenschütze unterwegs? Weil er fürchtete, dass sein Bestechungsskandal auffliegt, von dem Braunberger bisher nichts weiß als den vorhin gehörten Verdacht? Was hat David Lichter gefunden? Auf welche Spur ist er gestoßen? Braunberger ruft sich das Zeitszenario ins Gedächtnis. Bruchberg war ein paar Minuten vor 18 Uhr in der Schule zum Einsingen. Das haben drei Personen aus der Truppe bestätigt. Von David Lichters Gehöft bis zum Schulgebäude braucht man mit dem Auto selbst bei rasanter Fahrt mindestens eine Viertelstunde, eher 20 Minuten. Der Todeszeitpunkt ist laut Aussage der Gerichtsmedizin zwischen 18 und 19 Uhr. Vielleicht eine Viertelstunde später, eventuell sogar eine halbe Stunde. Aber keinesfalls früher. Das ginge sich also nie und nimmer aus. Könnte die Einschätzung der Ärztin falsch sein? Otmar Braunberger wiegt den Kopf. Nein!, entscheidet er. Frau Dr. Eleonore Plankowitz irrt sich nicht. Das gab es bisher in 20 Jahren nicht. Das wird auch jetzt nicht sein. Da fallen eher die Sterne vom Himmel, als dass Eleonore Plankowitz einmal danebenliegt. Erneut wiegt sein Kopf hin und her. Aber es gibt immer ein erstes Mal. Er seufzt. Er wird alles daran setzen, um den mysteriösen Anschuldigungen, die Adrian Lull in den Raum stellte, nachzugehen. Aber erst morgen, entscheidet er. Jetzt ist es kurz vor 21 Uhr. Er hat vergangene Nacht nicht einmal eine Stunde Schlaf bekommen. Er wird noch kurz ins Präsidium schauen und sich anschließend auf den Heimweg machen. Immerhin hat er heute einiges geschafft. Und vor allem: Er hat ein tolles Weihnachtsgeschenk für Hedwig gefunden! Das zumindest verleiht dem heutigen Tag die Krönung.

»Jingle bells, jingle bells, jingle all the way«, kommt es brummend aus seinem Mund. Auch das haben die Posaunisten heute intoniert. Er hat es gleich bei seiner Ankunft gehört. Und es hat hervorragend geklungen.

# 5

»Was für eine Frechheit! Eine bodenlose Sauerei! Übelste Verleumdung!«

Der Mann hinter dem Schreibtisch lässt zum wiederholten Mal seine flache Hand auf die Tischplatte donnern. Dabei schnappt er laut nach Luft, wie ein verröchelnder Fisch, den man ans Ufer gezerrt hat. Wenn der aufgebrachte Firmenchef nicht bald von seiner Empörungswelle herunterkommt, dann wird er gleich mit einem Megakollaps verenden, überlegt der Abteilungsinspektor und versucht, eine beruhigende Miene auszustrahlen. Otmar Braunberger sitzt Robert Bruchberg in dessen Büro gegenüber. Für einen hart schuftenden Unternehmer wie mich gibt es keine freien Wochenenden!, hat Braunberger von seinem Gegenüber vor einer Stunde am Telefon gehört. Auch wenn heute Samstag ist, ich bin im Büro!

Wieder kracht die flache Hand auf den Schreibtisch.

»Was bildet sich dieser Kerl ein, solche hinterhältigen Verdächtigungen in die Welt hinauszuposaunen? Unser Angebot für den Krankenhausumbau war von allererster Güte. Das ist der einzige Grund, der die zuständigen Verantwortlichen dazu bewogen hat, meiner Firma den Zuschlag zu erteilen! Nur das, und sonst nichts.« Ein weiteres Mal kracht die Pranke des Firmenchefs auf die Tischplatte.

»Bestechung? Nie und nimmer! Mein Großvater, der die Firma gründete, würde sich brüllend im Grab umwälzen, wenn er das hörte.« Er beugt sich weit vor, als sitze ihm sein Konkurrent gegenüber und nicht der Abteilungsinspektor. »Auf eines können Sie sich verlassen. Ich werde rechtliche Schritte gegen den Saukerl unternehmen!«

Otmar Braunberger schlägt bewusst einen ruhigen Tonfall an.

»Sie haben also von den Verdächtigungen, die Adrian Lull gegen Sie wegen des Bauauftrages hegt, erst jetzt von mir zum allerersten Mal gehört?«

Bruchbergs Oberkörper reckt sich.

»Allerdings! Sonst hätte ich schon längst etwas dagegen unternommen! Und dann rennt der Mistkerl mit solch üblen Hirngespinsten auch noch schnurstracks zur Polizei! Das schlägt ja dem Fass den Boden aus!«

Nun, im Grunde genommen ist nicht Herr Lull schnurstracks zur Polizei gerannt, wie sein Gegenüber es ausdrückt, sondern die Polizei hat sich in Gestalt eines ermittelnden Abteilungsinspektors mitten unter die Zuhörer des malerischen Weihnachtsmarktes gestellt, wurde mit drei wunderbaren Bläserstücken erfreut und hat dabei den in den Konkurs geschlitterten Bauunternehmer getroffen. Aber Otmar findet, jetzt sei nicht der rechte Augenblick, das alles richtigzustellen. Und es ändert ja auch nichts an den Vorwürfen.

»Wie war Ihr Verhältnis zu David Lichter?«

Der Bauunternehmer und gelegentliche Darsteller des Heiligen Josef schnaubt.

»Ich kannte ihn kaum. Im Gegensatz zu meiner biblischen Anvertrauten, unserer Heiligen Maria, der bis über beide Ohren verliebten Rosanna, die ihn wohl gut kannte. Aber dass der verrückte Entenzüchter sich ausgerechnet von diesem Lull anheuern lässt, um mir auf infamste Weise hinterherzuspionieren, das grenzt an bodenlose Frechheit. Aber wie ich schon deutlich betonte: Ich wusste nichts davon. Also hatte ich auch nicht den Funken eines Motivs, diesem Herrn Lichter einen seiner ausrangierten Pfeile in die Brust zu jagen.«

Das mag stimmen, oder auch nicht, denkt Otmar Braunberger und lässt dabei den Firmenchef nicht aus den Augen. Die anfänglichen fast vulkanartigen Empörungsausbrüche scheinen ihm für einen komplett Unschuldigen dann doch etwas zu theatralisch. Irgendetwas stimmt nicht, da ist sich der Abteilungsinspektor sicher. Als Erstes muss er überprüfen, ob an den Vermutungen Adrian Lulls tatsächlich etwas dran ist. Wie war das bei der Vergabe des lukrativen Krankenhausumbaus? Ging da alles seinen geordneten Weg oder hat der Heilige Josef der Anglöcklertruppe doch ein wenig völlig unbiblischen Dreck am Wanderstecken? Ihm fällt ein, dass der zuständige Bürgermeister des Ortes zugleich Landtagsabgeordneter ist. Das heißt, Mattheo Trebling kennt gewiss nicht nur sein geschäftlich äußerst umtriebiges Gemeindeschäfchen Robert Bruchberg ganz gut, er würde vielleicht auch etwas zum Prozedere des Landes bezüglich Krankenhaus-Auftragsvergabe beisteuern können. Braunberger muss mit ihm reden. Und das so bald wie möglich.

»Ich sage euch, das war sicher einer von diesen Asylanten!«

Der Ausruf fegt laut über den Dorfplatz. Theresia Wollmann kommt eben aus der Bäckerei, fünf wunderbar duftende Krapfen in der Tasche, als die laute Stimme an ihr Ohr dringt. Keine fünf Meter von ihr entfernt erkennt Theresia den pensionierten Postboten Hans Krunkl, der neben dem Dorfbrunnen vor einer kleinen Gruppe an Zuhörern wild mit den Armen fuchtelt. Und schon geifert er weiter. »Diese unheimlichen Typen streifen überall herum. Letztens habe ich einen der Kerle sogar beim Hinterberger im Garten gesehen!« Die Stimme wird lauter, böser.

Theresia Wollmann setzt sich in Bewegung. »Was redest du nur für einen Schwachsinn, Hans? Keiner unserer afrikanischen Schutzbedürftigen streift einfach nur so herum, wie du hier herumbrüllst. Und den Akono hast du letztens nur deswegen gesehen, weil Alex Hinterberger ihn gebeten hat, ihm im Garten beim Aufräumen zu helfen.«

»Ah, da nähert sich ja schon die herzallerliebste Resi!« Der ehemalige Postbote dreht sich höhnisch in Richtung der Ankommenden. »Du hast ja keine Ahnung, was deine Asylantenfreunde tatsächlich alles treiben! Von uns hat die Kaffer keiner gebraucht! Sollen sich gefälligst dorthin zurücktrollen, wo sie hergekommen sind.«

Theresia stellt ihre Tasche ab, verschränkt die Arme.

»So stelle ich mir das vor, geschätzter Hans. Das ist sicher genau die Einstellung, die wir hier brauchen. Gerade zur Weihnachtszeit. Auf der einen Seite erinnern wir uns an die schöne alte Geschichte aus Bethlehem. Wir singen rührselig ›Wer klopfet an?‹. Wir leiden schön brav mit den armen Abgewiesenen aus der biblischen Geschichte mit. Ganz genau so, wie sich das gehört. Wir schütteln entrüstet das Haupt über die bodenlose Bösartigkeit der damaligen Wirte. Und wenn dann nach all den selig machenden Liedern und Theaterspielen tatsächlich jemand vor unserer Tür steht, dem es dreckig geht. Was machen wir dann? In unserer ständig besungenen christlichen Nächstenliebe? Was machen wir dann, lieber Hans?« Sie steht direkt vor ihm, schaut ihm unverwandt in die Augen. Der Angesprochene fühlt sich plötzlich unwohl. Die unverblümte Art der ehemaligen Lehrerin kennt er. Das ist nichts Neues für ihn. Aber jetzt bemerkt er, dass auch die übrigen der um ihn Versammelten ihn herausfordernd anschauen. Das ist eindeutig zu viel für ihn.

»Ach, lasst mich doch in Frieden mit eurer Scheinheiligkeit. Und treibt es weiterhin mit diesem dahergelaufenen Gesindel!« Abrupt wendet er sich zum Gehen. Nach drei Schritten dreht er sich noch einmal um. Sein Blick ist wild.

»Und ich sage, das war doch einer von denen, der beim David eingedrungen ist und ihn gekillt hat. Diese Neger können alle mit Pfeil und Bogen bestens umgehen! Das weiß man doch, wenn man seine fünf Sinne beisammen hat.« Sein ausgestreckter Arm zuckt in Richtung der anderen. »Ihr werdet alle noch draufkommen, dass ich recht habe! Wer soll denn das sonst gewesen sein?« Dann lässt er seinen anorakbewährten Oberkörper herumwirbeln und stapft zornig davon.

Theresias Blick gleitet prüfend über die Runde. Gibt es noch jemanden unter den Anwesenden, der an den bösartigen Anschuldigungen von Hans Krunkl etwas Glaubwürdiges findet? Sie prüft die Gesichter. Wohl eher nicht, entscheidet die ehemalige Lehrerin. Seit drei Monaten beherbergen sie zwei fünfköpfige Familien aus Nigeria im Ort. Der Pfarrer hat sofort seine Hilfe angeboten, als sie ankamen, und die zehn Menschen im Pfarrhof untergebracht. Theresia hat zusammen mit einigen anderen entsprechende Unterstützung organisiert. Für die Männer wurde mithilfe des Bürgermeisters die Möglichkeit eingeräumt, dass sie kleinere Hilfsdienste erledigen können. Dafür gibt es sogar ein paar Euro Lohn. Auch beim Sammeln von wärmenden Kleidungsstücken für den Winter, von Spielzeug für die Kinder, beim Organisieren von entsprechender

Verpflegung ist Theresia im Ort meistens auf offene Arme gestoßen. Aber es gibt schon einige im Ort, die ähnlich denken wie der pensionierte Postbote. Auch das ist Theresia bewusst.

»Wie ist das mit dem Tod von David Lichter? Hat die Polizei schon eine Spur?«

Die Frage kommt von einem jungen Mann aus der Gruppe. Theresia kennt ihn. Er ist Angestellter in der Gärtnerei. Die ehemalige Lehrerin hat ihn während seiner Schulzeit unterrichtet. Im nächsten Augenblick erhellt sich ihr Gesicht. Sie deutet über die Schulter des jungen Mannes nach hinten.

»Das können wir vielleicht gleich den freundlichen Herrn Abteilungsinspektor fragen. Der ist eben angekommen.«

Die anderen blicken ebenfalls in die angedeutete Richtung. Sie sehen einen Mann aus einem Wagen steigen, der neben dem Eingang zum Gemeindeamt angehalten hat. Aber der freundliche Herr Abteilungsinspektor hat offenbar keine Zeit für ein Gespräch mit ihnen. Er winkt nur rasch in Richtung Theresia, die ihm offenbar von der Befragung der Anglöcklergruppe in guter Erinnerung ist. Dann wendet er sich zum Eingang des Amtsgebäudes.

»Na ja, dann vielleicht später«, bemerkt Theresia achselzuckend und schickt sich an, den Platz am Brunnen zu verlassen. Sie muss heim. Sie hat heute noch allerhand zu erledigen. Süßes Backwerk soll es geben. Zimtsterne, Vanillekipferl und andere Köstlichkeiten.

Bürgermeister Mattheo Trebling hat sich sofort bereit erklärt, den Abteilungsinspektor zu empfangen, als Otmar Braunberger anrief. Er habe heute ohnehin in der Amtsstube zu tun. Gegen 14.30 Uhr könne er sich das gut einteilen. Braunberger folgt den Hinweisschildern, die ihn in den ersten Stock führen. Gerade, als er an die Tür klopfen will, wird diese geöffnet. Er sieht den Bürgermeister und erkennt auch die Frau, die der Ortschef wortreich aus seinem Gemach entlässt. Er sieht sie schon zum dritten Mal innerhalb von zwei Tagen. Gestern hat er in ihrem Haus ein Weihnachtsgeschenk für Hedwig erstanden. Auch sie erkennt ihn. Sie schenkt ihm ein flüchtiges Kopfnicken. Braunberger ist ein wenig irritiert über den Gesichtsausdruck der Frau. Als habe sich ein dunkler Schatten über ihre Miene gelegt. Traurigkeit? Schmerz?

»Dann machen wir das genau so, Agnes«, ruft der Bürgermeister hinterher. »Ich freue mich sehr.«

Die Angesprochene hebt die Hand, ohne sich umzudrehen. Dann lenkt sie ihre Schritte über die Stiege nach unten.

»Tüchtige Frau, die gute Agnes Knarzer, in ihr steckt eine Menge an besonderen Qualitäten.« Aus der Stimme des Ortschefs ist Stolz zu vernehmen. »Unsere

Gemeinde schätzt sich glücklich, sie zu haben. Sie ist unsere Ortsbäuerin.«

»Ich hatte bereits das Vergnügen«, antwortet der Polizist. »Ich habe gestern aus dem Spielzeugangebot der Familie Knarzer ein Geschenk für die Tochter einer lieben Kollegin erworben.«

»Oh, verstehe. Ja, unsere betriebsame Agnes hat viele Talente. Und als Ortsbäuerin ist sie großes Vorbild für andere. Obwohl …« Der Mann in der offenen Tür zögert. »Obwohl ich das Gefühl habe, der schreckliche Tod von David Lichter nimmt sie doch mehr mit, als ich dachte. Wahrscheinlich liegt es auch daran, dass dieses schreckliche Verbrechen ja unmittelbar in der Nachbarschaft passierte. Ich hoffe, die Idee, mit der ich sie konfrontierte, wird sie auf andere Gedanken bringen.«

Ihm wird offenbar bewusst, dass sie immer noch bei geöffneter Tür auf dem Gang stehen. Rasch deutet er mit einladender Geste ins Innere des Büros, lässt dem Polizisten den Vortritt.

»Es geht um unser Aperschnalzen«, erklärt der Bürgermeister, während sie sich an den kleinen Besprechungstisch setzen. Der Abteilungsinspektor weiß, wovon der Ortschef spricht. Aperschnalzen. Er kennt diesen Brauch. Kaum ist das Christkind angekommen, kaum wurde Weihnachten gefeiert, geht man schon daran, den Winter zu vertreiben, den Frühling anzulocken. Und zwar durch Lärm, durch lautes

Peitschengeknall. »Goaßeln«, nennt man hierzulande die großen Peitschen. Sie verfügen über ein alles entscheidendes Beiwerk am Ende des Seils. Dort sitzt das sogenannte Zipferl, das ist ein kurzes Stück aus Bastschnur. Und genau dieses Stück Schnur verleiht der rasant geschwungenen Peitsche den typischen hellen Klang. Geschnalzt wird gemäß Überlieferung nur zwischen dem Stephanietag, also dem 26. Dezember, und dem Faschingsdienstag. Dann haben die Goaßeln bis zur kommenden Weihnachtszeit wieder zu schweigen. Man hofft, dass das Geknalle ausreichend stark war, um den Frühling anzulocken, um die Winterdämonen zu vertreiben und die im Boden schlummernden Kräfte aufzuwecken. Die fruchtbare Saat möge zu sprießen beginnen, Frühlingsblumen und Sommergetreide sollen ihren Weg nach draußen finden. Es soll schneefrei werden, also aper, wie das im Volksmund heißt. Otmar weiß, dass in vielen Salzburger Gemeinden und im benachbarten Bayern dieser Brauch eifrig gepflegt wird. Dass auch dieser Ort, in dem er zu ermitteln hat, zu den Aperschnalzern gehört, ist ihm allerdings neu.

»Der Brauch ist uralt, geht weit zurück«, erläutert der Bürgermeister. »Damals hatte man natürlich keine Ahnung, dass sich irgendwann einmal alles ändern wird. Dass eine Zeit kommen wird, in der die Jahreszeiten völlig verrücktspielen. Ich rede von unserer Zeit. Denn wir sind es, die unter den Folgen atmosphärischer Verrücktheiten zu leiden haben. Der Klimawandel ist akut spürbar, daran lässt sich nichts herumdiskutieren. Haben wir noch richtige Jahreszeiten? Die Frage ist nur, wie wir damit umgehen. Deswegen habe ich für den Auftakt der heurigen Schnalzersaison unseres Ortes eine ganz besondere Idee. Ich möchte zusammen mit unseren Bäuerinnen in besonderer Form andeuten, dass es nicht mehr so einfach ist mit den Jahreszeiten, wie es das noch für unsere Vorfahren war. Wir wollen die Schnalzergruppen, die Passen, wie das bei uns heißt, und die hoffentlich wieder zahlreichen Besucher in amüsanter Weise mit dieser Tatsache konfrontieren. Und zwar augenzwinkernd, durch ein besonders außergewöhnliches kulinarisches Angebot. Ein lustiges, aber geschmackvolles Jahreszeiten-Durcheinander-Menü. Vielleicht, lieber Herr Abteilungsinspektor wollen auch Sie herausfinden, was unseren tüchtigen Bäuerinnen dazu eingefallen ist. Ich lade Sie gerne am zweiten Weihnachtsfeiertag zu uns ein.«

Otmar Braunberger nickt dankend. Na ja, vielleicht gibt es als eine Attraktion klimaschonend zubereitetes Wildbret, überlegt er. Er muss an die vielen Trophäen denken, die er im Bauernhaus der Familie Knarzer gesehen hat. Er erzählt dem Bürgermeister davon. »Nicht nur Ihre Ortsbäuerin scheint äußerst tüchtig zu sein, wie Sie betonten. Auch ihr Mann scheint mir sehr erfolgreich bei seiner besonderen Jagdleidenschaft.«

Der Ortschef quittiert die Bemerkung Braunbergers mit einem kurzen Lachen, das den Abteilungsinspektor an das Quieken von Ferkeln erinnert, vielleicht auch an das helle Grunzen junger Wildschweine. »Ach, wo denken Sie hin, Herr Braunberger. Der gute Valentin mag schon gelegentlich den einen oder anderen alten Hasen mit der Flinte erwischt haben, vielleicht auch einen betagten Auerhahn. Aber für die meisten Trophäen im Hause Knarzer, vor allem für die größten und stattlichsten, ist die Hausherrin zuständig. Wie ich schon sagte. Unsere Ortsbäuerin verfügt über eine Menge erstaunlicher Qualitäten.« Der Bürgermeister räuspert sich, bändigt seinen Anflug von Enthusiasmus. »So wie generell viele in unserer Gemeinde sich durch besondere Tüchtigkeit auszeichnen. Zum Beispiel auch unser äußerst erfolgreicher Bauunternehmer Robert Bruchberg. Über den möchten Sie ja mit mir reden, wie Sie am Telefon erwähnten. Den guten Robert schätze ich sehr. Herr Bruchberg ist bei vielen unserer Vereine äußerst engagiert, sehr beliebt. Also, wie kann ich Ihnen helfen, Herr Abteilungsinspektor? Was möchten Sie wissen?«

Braunberger zögert nicht lange. Das Um-den-Brei-Herumreden gehört ohnehin nicht zu seinen Launen. Er berichtet in knappen Worten von Adrian Lulls Mutmaßungen.

Die Gesichtsfarbe seines Gegenübers wechselt unvermittelt, zunächst bleich, dann aschfahl mit einer

Spur von Gelb an den Wangen, ehe sich die Erwiderung des Ortschefs in dunkler Rötung an Hals und Stirn entlädt.

»Nie und nimmer! Diese infame Anschuldigung ist unvorstellbar, entbehrt jeder Grundlage!«

Mattheo Trebling scheint selbst erschrocken über die Heftigkeit seiner Äußerung. Er räuspert sich kurz, zügelt sich. Die Stimme wird ruhiger, der Tonfall nahezu amtlich.

»Ich kann mich gut an die Ausschreibung zum besagten Bau erinnern. Wir haben im Landtag oft darüber gesprochen, mit allen Fraktionen. Die Baufirma Bruchberg erhielt den Zuschlag, weil deren Angebot am besten den Anforderungen entsprach. Und dass im Zuge des Entscheidungsprozesses, wie Baufirmenchef Lull andeutet, auch nur irgendeine Form von Bestechung dabei war, entbehrt jeder Grundlage! Das ist einfach nur verwerflich! Das garantiere ich Ihnen als Amtsperson!«

Das aufgebrachte Verhalten seines Gegenübers amüsiert Otmar Braunberger innerlich. Fehlt nur noch, dass der Herr Bürgermeister und Landtagsabgeordnete das üppige Gesteck aus Blumen und Birkenzweigen auf dem Besprechungstisch heranzieht, die in der Mitte prangende mächtige Kerze anzündet, seine Pranken darüber hält, um zu verdeutlichen, dass er für den völlig fälschlich beschuldigten, in Wahrheit stets aufrechten Bürger seiner Gemeinde sogar die Hände ins Feuer legt.

Braunberger wartet. Aber offenbar hat der Ortschef seinen Ausführungen nichts hinzuzufügen. Auch das Weihnachtsgesteck bleibt, wo es ist. Also dann, von vorne!, entscheidet der Abteilungsinspektor und lässt sich dann von seinem Gegenüber ein weiteres Mal den exakten Ablauf erklären, der bei öffentlichen Ausschreibungen dieser Art zu erfolgen hat. Er notiert sich die Namen der für das besagte Krankenhausbauprojekt zuständigen Amtspersonen. Dann verabschiedet er sich.

Er macht noch eine Runde durch das Dorf, ehe er zurückfährt.


Schon am Vormittag durfte Rosanna das Krankenhaus verlassen. Jetzt steht sie gedankenverloren in der Küche. Das Wasser brodelt, ist längst heiß. Doch Rosanna hat völlig vergessen, dass sie sich einen Tee zubereiten wollte. Ihr Blick ist leer, weit in die Ferne gerichtet. Plötzlich schreckt sie zusammen. Sie hat kein Gefühl, wie lange sie schon in der Küche steht. Ein Geräusch hat sie aufgeschreckt. Ist das die Türglocke? Hat es eben geläutet? Sie tappt aus der Küche, betritt den Flur, lugt durch den Türspion. Die Person draußen ist schon am Umdrehen und steuert auf die Treppe zu. Sie öffnet rasch die Tür.

»Hallo, Resi.«

Die Angesprochene wendet sich schnell am Stiegenaufgang um. Freudiges Leuchten steigt ihr ins Gesicht.

»Mein Gott, Rosanna. Wie bin ich froh, dich zu sehen. Ich hatte gedacht, du bist gar nicht da. Ich habe sicher an die zehn Mal geläutet.«

»Tut mir leid, Resi. Ich habe es gar nicht gehört. Mir geht viel zu viel durch den Kopf.« Sie stößt sanft die Tür weiter auf. »Komm doch bitte rein.«

Zugleich huscht ein Gedanke durch ihr Inneres. Das Lächeln, das ihr gelingt, ist nur schwach. »Wenn ich mich recht erinnere, habe ich Wasser aufgestellt. Vielleicht trinkst du mit mir eine Tasse Tee.«

»Gerne!« Die Frau vor ihr hebt die große Tasche ein wenig in die Höhe. »Und dazu essen wir Zimtsterne, Nusstaler und Vanillekipferl. Habe ich extra heute gemacht, die isst du doch so gerne.«

Rosanna bereitet den Tee zu. Theresia nimmt einen großen dunklen Keramikteller aus der Anrichte und platziert darauf die süßen Köstlichkeiten.

Dann begeben sich beide ins Wohnzimmer.

Die ehemalige Lehrerin nimmt sanft die Hände der Kollegin.

»Es tut dir nicht gut, wenn du dich hier vergräbst, meine Liebe. Deshalb ist es auch besser, wenn du morgen bei der Aufführung dabei bist.«

Das Kopfschütteln der anderen ist heftig. Theresia quittiert es mit einem beherzten Lächeln, drückt ihre Hand.

»Jetzt nimm einmal das erste Vanillekipferl. Und wenn du das genossen hast, dann gleich das zweite.

Und gleich darauf einen Zimtstern. Und während du genussvoll in den ersten Nusstaler beißt, werde ich anfangen, dich sanft davon zu überzeugen, dass es besser ist, wenn du morgen dabei bist. Für uns alle wird das besser sein, aber in erster Linie für dich.«

Braunberger schaut auf die Uhr. Schon fast 19.30 Uhr. Er schnauft durch, dann fängt er an, die Dateien an seinem PC zu schließen. Es klopft.

»Ja, bitte.«

Er ist verwundert über den Anblick des jungen Kollegen, der zur Tür hereinsieht. Er erkennt Thorsten Zabel. Der arbeitet im Ermittlungsbereich Brand, also in einer völlig anderen Abteilung.

»Hallo, Otmar, ich will dich nicht stören. Aber ich habe schon viel über euren mysteriösen Fall gehört und auch über die Personen im Umfeld dazu.«

Braunberger macht eine einladende Geste.

Der junge Mann schüttelt den Kopf. »Nein, ich sehe, du bist im Aufbruch. Nur so viel in aller Kürze: Eine der Personen kenne ich ganz gut, den mit dem spanischen Namen. Wusstest du, dass seine Vorfahren aus Andalusien stammen?«

»Du meinst Leon Palmara? Hat seine Abstammung mit unserem Fall zu tun?«

»Wie?« Der junge Kollege scheint über Braunbergers Frage irritiert. »Äh, nein, davon gehe ich nicht aus. Ich wollte dir eigentlich etwas ganz anderes sagen. Ich kenne Leon vom Armbrustschützenverein. Da sind wir beide Mitglied. Und er hat nicht nur einmal davon geschwärmt. Und wenn er einen oder zwei über den Durst getrunken hat, dann besonders. Nicht nur vor mir, auch vor den anderen.«

»Wovon schwärmte er? Vom Armbrustschießen oder über seine spanischen Vorfahren?«

»Äh, wie?« Erneut wirkt der Kollege leicht überfordert. Braunberger macht wieder die einladende Bewegung, doch der Kollege bleibt an der Tür. »Nein, weder noch. Darüber hat er sich nicht entzückt ausgelassen. Sondern über seinen Schwarm. Also ich denke, hauptsächlich ist es so, dass er von ihr schwärmt. Und sie weniger von ihm, wie ich mitbekommen habe.«

»Was für ein Schwarm?«

»Äh«, der Kollege schaut ihn ein wenig entgeistert an. »Habe ich das noch nicht erwähnt?«

»Nein.«

»Na, diese Rosanna. Und die steht ja auch auf der Namensliste, die mit eurem Fall zu tun hat.«

»Ja, Rosanna Sternfeld hat mit dem Umfeld des Toten zu tun. Weißt du mehr darüber?«

»Worüber?« Sind die vom Brand alle so begriffsstutzig, schießt es durch Otmars Kopf. Das wäre ihm noch nie aufgefallen.

»Ah, du meinst über die beiden?« Der Kollege an der Tür klopft sich mit dem Zeigefinger an die Stirn. »Ob ich mehr über Leon und seine Schwärmerei weiß.

Nein, mehr kann ich dir dazu nicht sagen. Aber das wollte ich dich unbedingt wissen lassen. Also dann, ciao Kollege.«

Ehe der Kollege die Tür schließt, ruft Otmar schnell: »Ist Leon Palmara ein guter Armbrustschütze?«

Der junge Mann ist schon fast draußen, steckt schnell den Kopf nochmals ins Büro.

»Das kann man wohl sagen! Dreifacher Landesmeister! Und das will was heißen bei der großen Konkurrenz.«

Dann ist er endgültig draußen, lässt die Tür zufallen. Die Stirn des Abteilungsinspektors ist in Falten gelegt, während er das Büro verlässt. Und auch noch, während er langsam zur Tiefgarage hinuntersteigt.

# 6

»Also Kinder, jetzt trampelt bitte nicht so unflätig über die Bühne. Ihr sollt keine Rasselbande darstellen, sondern eine Schar auserwählter Hirten, die sich gewiss fröhlich, aber nicht frenetisch lärmend präsentiert. Die sich auf den Weg zum Stall macht, um das Jesukind aufzusuchen.« Der Pfarrer klatscht in die Hände. »Also die Szene nochmals von vorne. Und bitte mit der entsprechenden gebührenden Achtsamkeit.«

Einige aus der Hirtenschar murren, aber alle Darsteller befolgen die Anweisung und begeben sich über die linke Bühnenseite zurück in den Saal. Von dort werden die acht aufgeweckten Kinder gleich erneut mit Gesang, begleitet vom Spiel der mitgeführten Instrumente, in Erscheinung treten und auf die Bühne eilen.

Rosanna sitzt in der zweiten Reihe. Sie hat so wie alle anderen der erwachsenen Mitwirkenden auf den leeren Besucherstühlen Platz genommen, um die Probe der Hirtenkinder mitzuerleben. Das große Weihnachtsspiel am Abend des zweiten Adventssonntags hat in ihrem Heimatort große Tradition, und das seit mehr als drei Jahrzehnten. Auch Rosanna hat einst als singendes Hirtenmädchen zusammen mit den anderen die Besucher begeistert. Schon damals hat der Herr Pfarrer beim Auftritt der Hirtenkinder Regie geführt. Natürlich war Engelbert Humml damals, so wie sie alle, um vieles jünger. Wo jetzt eine Glatze sein Haupt ziert, prangte vor rund 20 Jahren schwarzlockige Haarpracht auf dem Kopf des Geistlichen.

»Und los!«, ist die Stimme des Pfarrers erneut zu vernehmen. Die Kinder in der Mitte des Saales setzen sich in Bewegung. Sie beginnen zu lachen, strahlen Fröhlichkeit aus, die um vieles herzlicher wirkt, bei Weitem nicht so polternd und übertrieben wie vorhin.

Rosanna blickt sich um. Sie spürt, wie ihr Körper sich beim Anblick der Kinder entspannen kann. Sie ist froh, hier zu sein. Gestern Abend konnte sie sich das lange nicht vorstellen. Aber das Beisammensein mit der treuen Resi, deren liebevoller Zuspruch und natürlich auch deren wunderbare Weihnachtsbäckerei haben ihr gutgetan. Es entspricht der Tradition, dass beim örtlichen Weihnachtsspiel im großen Pfarrsaal auch die Anglöcklergruppe mitwirkt. Sie werden auch heute Abend die Szenen der Herbergssuche aufführen. Sie werden das von den Besuchern sehnlich erwartete »Wer klopfet an?« singen und auch zwei andere Lieder aus dem Repertoire, das sie sonst nur in den Stuben der Familien zum Besten geben. Und alle aus der Gruppe werden mit ihren Stimmen auch den Klang des auftretenden Kirchenchores verstärken. Darauf freut sich Rosanna besonders. Schon der Beginn des Abends wird sich wunderbar stimmig anfühlen. Denn sie werden heuer das Programm mit »Am Weihnachtsabend in der Still« eröffnen. Diese schlichte Weise hat es Rosanna besonders angetan. Sie wird davon jedes Mal tief im Inneren ihres Herzens berührt.

Das wird garantiert auch heute Abend der Fall sein. Sie beobachtet amüsiert die Kinder auf der großen Bühne. Sie wird bis zum Ende der Probe dableiben, egal, wie lange es dauert. Dann hat sie noch einen bestimmten Weg vor sich, bevor sie zurück in ihre

Wohnung fährt. Vielleicht würde sie daheim die von gestern übrig gebliebenen Zimtsterne verspeisen.

Otmar Braunberger nippt schon an der dritten Tasse Rooibostee. Der Tisch in seinem Wohnzimmer ist übersät von Computerausdrucken, Blättern, Bildern, Skizzen. Seit drei Stunden wühlt er sich durch die Unterlagen des Falles, wälzt alles durch, was ihm vorliegt. Jeden Fotoausschnitt, alle Aussagen, die Ergebnisse aller Untersuchungen, dazu jede hingekritzelte Notiz. Er trinkt aus. Eine Weile hält er die leere Tasse in der erhobenen Hand. Dann stellt er sie mit entschlossener Bewegung ab. Ja, er wird dem Gefühl folgen, das ihn schon vor drei Stunden bei der ersten Tasse beschlich. Er erhebt sich rasch, langt im Vorzimmer nach der dicken Jacke und dem Autoschlüssel. Er braucht nicht einmal eine halbe Stunde. Der Sonntagvormittagsverkehr ist weniger dicht, als es zu erwarten ist. Kurz nach elf Uhr erreicht er das Gehöft, parkt das Auto an der Seite des kleineren Schuppens.

Er muss dabei an seinen Chef denken, wie schon bei der Herfahrt. Auch Kommissar Martin Merana folgt während einer Ermittlung oft seinem inneren Gespür. Dann begibt er sich, manchmal auch spät nachts, ein weiteres Mal an den Tatort. Auch wenn dort längst alle Spuren ermittelt und ausgewertet wurden. Auch wenn augenscheinlich von einem weiteren Besuch absolut keine neue Erkenntnis zu erwarten ist. Martin Merana lässt sich nie davon abhalten. Er folgt trotzdem seiner Eingebung. Und es ist erstaunlich. Otmar Braunberger weiß das, aus vielen Fällen. Nicht selten stößt Merana auf etwas. Manchmal hilft ihm eine ganz zufällige Beobachtung weiter, ein bisher überhaupt nicht in Erscheinung getretenes Detail. Oft ist es auch nur eine Art Gespür, das ihm weiterhilft, und schlussendlich völlig unerwartet zur Lösung führt.

Abteilungsinspektor Otmar Braunberger steigt entschlossen aus dem Wagen. Er macht das jetzt auch. Er will auch seinem Gespür folgen, das ihn hierherbrachte.

Warum nicht?, denkt er und schließt die Autotür.

Was haben wir im Augenblick ringsum? Eine glitzernde Welt. Weihnachten kommt immer näher, ist schon allerorts spürbar. Eine Zeit der Wunder. Vielleicht gilt das auch für diesen Ort. Er hält auf den Schuppen zu. Es muss ja kein ganzes Wunder sein, denkt er, nicht die alle verblüffende zauberhafte Enthüllung. Ein kleiner Wink würde ihm vielleicht schon genügen, sogar ein klitzekleiner.

Er betritt den Raum, schließt langsam die Schuppentür hinter sich. Er lässt seinen Blick mit wacher Aufmerksamkeit durch den Raum wandern, bis hin zur Werkbank. Seine Augen ruhen lange auf der Stelle am Boden. Hier lag der David Lichter, getroffen vom tödlichen Pfeil. Langsam steigen ihm die vielen Details zu diesem rätselhaften Fall auf. Er versucht, sich die Situation ein weiteres Mal vorzustellen, wie schon so oft in diesem Fall. David Lichter, der im Raum steht, beschäftigt an der Werkbank. Dann kommt jemand von außen. Hat David die Person eingelassen, oder ist sie von sich aus hier eingedrungen? Was dann genau passierte, lässt sich nur halbwegs abschätzen. Kam es zum Streit, zu einem immer heftiger werdenden Disput? Otmar Braunberger kann sich das gut vorstellen. Er schließt die Augen, versucht, sich in die Situation hineinzufühlen. Gewiss ist jedenfalls, dass die eingetretene Person handelte. Dass sie irgendwann den alten Bogen von der Bretterwand riss, einen Pfeil aus dem Köcher zog und schoss. Könnte das Robert Bruchberg gewesen sein? Der Baumeister, der sich wegen seiner Verfehlungen beim Krankenhausprojekt vom hinterherspionierenden Lichter bedroht fühlte? Braunberger schüttelt langsam den Kopf, die Augen immer noch geschlossen. Selbst wenn der Baumeister Dreck am Stecken haben sollte, selbst wenn er den irrwitzigen Entschluss fasste, sich des hinterherspionierenden David Lichter zu entledigen, dann wäre er nie und nimmer auf diese Weise vorgegangen. Dann hätte er den Mord bis ins kleinste Detail geplant. So schätzt Braunberger ihn ein, bei allem, was er über Robert Bruchberg bisher erfahren hat. Er atmet tief ein, lässt langsam die Luft aus seinen Lungen. Gleichzeitig öffnet er die Augen, schickt seinen Blick langsam durch den Raum.

Die Augen wandern von der Eingangstür auf die linke Seite zum Platz an der Wand, wo Bogen und

Pfeile hingen. Und darauf weiter bis zu jener Stelle, wo der Tote lag. Nein, denkt Otmar entschlossen. Die Tat, die hier passierte, war nicht von Anfang an geplant. Die passierte nicht aus vorheriger Berechnung, sondern aus einem ganz anderen Grund. Hier war Wut im Spiel. Vielleicht auch tiefe Kränkung. In jedem Fall explodierte der aufwallende Entschluss, auf der Stelle etwas zu tun. Er dachte an seine Runde durch das Dorf. War etwas dran an dem Gerücht, das man ihm dabei zutrug? Dass einer aus der Schar der afrikanischen Asylsuchenden, die sich im Pfarrhof aufhalten, hier eingedrungen war? Soll er diesem Hinweis doch nachgehen? Er wird das prüfen, wenn er zurück ist. Plötzlich vernimmt er ein Geräusch hinter sich. Behutsam dreht er sich um. Langsam öffnet sich die Schuppentür. Er ist überrascht. Das hätte er jetzt nicht erwartet.

»Grüß Gott, Frau Sternfeld.« Die junge Frau bleibt unwillkürlich stehen. »Ich freue mich, dass man Sie aus dem Krankenhaus entlassen hat.«

»Oh, Herr Abteilungsinspektor. Jetzt bin ich doch ein wenig erschrocken, obwohl ich ja das Auto draußen bemerkt habe.«

Er macht ein paar Schritte auf sie zu.

»Wie sind Sie hergekommen? Mir ist gar kein Motorengeräusch aufgefallen.«

»Ich wohne am Dorfrand. Ich bin zu Fuß gegangen. Ein etwas längerer Spaziergang. Ich wollte das. Das tut mir gut.«

»Führt Sie etwas Bestimmtes her?«

Sie schüttelt den Kopf. »Nein.« Sie wendet sich etwas zur Seite. »Entschuldigen Sie bitte, ich will Sie auch gar nicht stören.«

»Sie stören mich nicht, bitte bleiben Sie.« Er versucht, seiner Stimme den freundlichsten Tonfall zu geben, zu dem er fähig ist. Es gelingt ihm ganz gut, findet er. Bei Hedwig schafft er das auch immer. Ein wenig erinnert ihn die Person, die ihm gegenübersteht, an ein leicht verschrecktes Kind.

»Ich führe keine spezielle Untersuchung durch. Ich bin nur einer Eingebung gefolgt.«

Der Anflug eines scheuen Lächelns ist in ihrem Gesicht auszumachen.

»Ja, das bin ich auch. Ich weiß selbst nicht genau, warum ich hier bin. Aber etwas in mir wollte unbedingt herkommen.«

Sie kommt langsam auf ihn zu, stellt sich neben ihn. Eine Zeit lang sprechen beide kein Wort, lassen nur die Augen auf der Stelle ruhen, wo der Tote lag.

Langsam fasst der Kriminalpolizist einen Entschluss. Ja, er würde sie fragen. Und sei es nur, um eine weitere, ohnehin lächerliche Spur auszuschließen. Aber wer weiß. Vielleicht gibt es doch den erhofften schwachen Wink, ein wenigstens mattes Aufblitzen des vorhin herbeizitierten Wunders.

Wieder versucht er, seiner Stimme einen beruhigenden Klang zu geben.

»Liebe Frau Sternfeld, ich darf Ihnen von einer Beobachtung berichten, die mir zugetragen wurde.«

Sie schaut ihn an. Neugierde erwacht in ihrem Blick.

»Einer meiner Kollegen ist im selben Armbrustschützenverein wie Leon Palmara, der Gitarrist aus Ihrer Gruppe.«

Bisher waren ihre Augen von einem matten Glanz geprägt, einem Ausdruck an Traurigkeit. Doch jetzt blitzt es darin auf.

»Sie brauchen gar nicht weiterzureden, Herr Abteilungsinspektor. Ich kann mir gut vorstellen, was jetzt kommt.« Ihre Stimme wird lauter.

»Ja, ich schätze Herrn Palmara als Kollegen in der Schule, er wird dort auch in absehbarer Zeit Direktor werden. Ja, ich schätze ihn auch als musikalischen Hauptverantwortlichen in unserer Gruppe. Nein, ich habe kein Verhältnis mit ihm. Er hat ein paar Mal versucht, sich an mich heranzumachen. Ich habe das jedes Mal aufs Entschiedenste abgelehnt. Ich weiß, dass er manchmal über Dinge fantasiert, die es nicht gibt. Vor allem, wenn er betrunken ist, davon habe ich auch schon gehört. Aber Leon hat auch seine Qualitäten. Er lenkt uns immer hervorragend bei unseren künstlerischen Vorhaben, leitet uns wunderbar durch Proben und Aufführungen. Das allein zählt für mich. Das schätze ich sehr. Da sehe ich auch gelegentlich darüber hinweg, wenn er wieder mal das Gefühl hat, sich besserwisserisch als Hobbymeteorologe oder Superastronom aufführen zu müssen. So auch bei unserem letzten Anglöcklerrundgang, als er es sich nicht verkneifen konnte, mich als Oberlehrer vor den Augen der anderen zu prüfen mit seinem Wissen über Beteigeuze, dem Winterdreieck und dem blöden Jäger!«

»Welchem Jäger?«

Der Zorn weicht ebenso schnell aus ihren Augen, wie er vorhin aufflammte. In ihre Züge stiehlt sich sogar ein Lächeln.

»Gemeint ist damit das Sternbild des Orion, das sehr deutlich am Himmel stand, als sich am vergangenen Donnerstag die Wolken am Himmel auflösten.«

Ihr Blick wird plötzlich traurig.

»Ich erinnere mich gut daran. Die Stelle war nicht weit von hier, an der wir standen und in den Himmel schauten. Und gleich darauf kamen wir hierher und entdeckten …« Ihre Stimme bricht ab. Sie beginnt zu beben, die Augen füllen sich mit Wasser.

Er legt ihr behutsam die Hand auf die Schulter.

»Es tut mir sehr leid für Sie, Frau Sternfeld. Ich verstehe Ihren Schmerz.«

Vor ihm steht eine junge Frau, zart, attraktiv, mit auffallend gelocktem Haar. Sie streicht mit ihren feingliedrigen Fingern sanft über ihre Augen, versucht, die Tränen abzuwischen. Trotz des großen Leids, das ihren Augen anzusehen ist, steht ihm zweifellos eine Schönheit gegenüber. Wie Eos. Er hält kurz inne, löst die Hand von ihrer Schulter. Dieser unmittelbare

Vergleich irritiert ihn. Warum fällt ihm ausgerechnet jetzt der Name der griechischen Göttin der Morgenröte ein? Dann versteht er, woher der Gedanke rührt. Vermutlich kam ihm das Bild deshalb, weil die junge Frau vorhin das Sternbild des Orion erwähnte. Otmar Braunberger ist zwar alles andere als ein Kenner astronomischer Vorgänge, dafür weiß er mit der griechischen Mythologie einiges anzufangen. Er kennt auch die Sagen rund um Orion. Und bei einer dieser Erzählungen spielt eben auch die liebliche Göttin der Morgenröte eine Rolle.

»Wenn Sie möchten, nehme ich Sie gerne mit meinem Wagen mit und bringe Sie heim.«

Sie schüttelt behutsam den Kopf. »Danke, Herr Braunberger, das ist sehr lieb von Ihnen. Aber ich gehe lieber zu Fuß. Ich möchte noch ein wenig durch die Umgebung streifen, vielleicht am Bach entlang spazieren. «

Sie bleiben noch eine Weile. Dann, als hätten sie es abgesprochen, wenden sich beide ab, verlassen den schaurigen Ort des Verbrechens.

Der Abteilungsinspektor bleibt im Wagen sitzen. Er schaut der zierlichen Person nach, die, wie angekündigt, auf den Bach zuhält. Dann verschwindet sie aus seinem Blickfeld. Er startet den Motor. Gedankenfetzen, Bilder, Andeutungen, Eindrücke kreisen in seinem Kopf. Er versucht, sie nicht zu verscheuchen, lässt ihnen Platz. Er muss nur gleichzeitig darauf achten, den Wagen behutsam zu lenken, um nicht vom Weg abzukommen.

Bald taucht in der Ferne die Busstation auf. Er fährt daran vorbei, hält die eingeschlagene Richtung. Noch immer ist wenig Verkehr. Es wird nicht lange dauern, dann ist er wieder daheim.

In der nächsten Sekunde drischt sein Fuß auf das Bremspedal. Wütendes Gehupe wird hinter ihm laut. Er sieht im Rückspiegel ein anderes Auto, das unmittelbar hinter ihm abbremst. Der Fahrer deutet ihm einen Vogel an, dann schert er aus und überholt ihn. Er hat Verständnis für den Mann. Sein plötzliches Bremsmanöver war idiotisch. Anders kann man das nicht bezeichnen. Aber der Gedanke ist aufgetaucht wie ein Blitz. Er fährt ein Stück weiter, dann sieht er die Möglichkeit zu wenden. Gleichzeitig rattern die Bilder mit dem Tempo eines Jumbojets durch den Kopf. Könnte es das sein? War das der erhoffte klitzekleine Wink des vorweihnachtlichen Wunders? Sei kein Idiot, Otmar, schilt er sich selbst. Du hast nichts. Gar nichts. Die plötzlich aufgeflammte Idee steht nicht einmal auf wackeligen Beinen. Sie basiert auf gar nichts. Außer auf einem plötzlichen hirngespinstigen Einfall, der ihm aufgrund einer uralten Sage kam. Die Überlegung ist völlig an den Haaren herbeigezogen. Er würde sich bis auf die Knochen blamieren. Das ist ihm egal. Das wäre nicht das erste Mal in seinem Leben. Und irgendeine völlig schwachsinnige Ausrede für sein Auftauchen würde ihm schon einfallen. Wahrscheinlich gibt es Dutzende andere plausible Motive für den Mord an David Lichter. Aber wieder überkommt ihn das Gefühl, das er vorhin spürte, als er im Schuppen stand. Dort geschah kein von langer Hand geplanter Mord. Das alles passierte aus einem plötzlichen Entschluss des Augenblicks heraus. Da war Wut im Spiel. Kränkung. Leidenschaft. Wie in der Sage von Orion. Der stolze Jäger liebte Eos, die wunderschöne Göttin der Morgenröte. Und wurde daraufhin von der eifersüchtigen Artemis getötet, der Göttin der Jagd.

Er sieht die Abzweigung vor sich. Er wird sich blamieren, ganz sicher. Nichts spricht dafür, dass er recht hat. Gar nichts. Egal. Er muss es versuchen. Er setzt den Blinker, achtet auf den Gegenverkehr. Dann biegt er ab.

Wenig später erreicht er das Anwesen. Dieses Mal trifft er auf keinen wütenden Ehemann, der im Geländewagen das Weite sucht. Der Hof ist leer. Er steigt aus.

Die Haustür ist unverschlossen, er drückt sie auf. Sie sitzt in der großen Stube im Erdgeschoss. Ihre flachen Hände ruhen auf der Platte des Holztisches. Sie hebt ihren Kopf, blickt ihn an. Der Ausdruck ihrer Augen sagt ihm alles. Er hat sich nicht getäuscht. Er weiß es. Er erkennt es an der Art, wie sie ihn anschaut. Artemis hat ihren Liebhaber Orion getötet, weil der in eine andere verliebt war. Es wirkt, als hätte die Frau am Tisch schon auf ihn gewartet. Sie deutet auf einen der Stühle. Er nimmt Platz, schaut ihr weiterhin unverwandt in die Augen.

»Ich habe Sie erwartet, Herr Abteilungsinspektor. Ich habe gehofft, Sie würden kommen. Andernfalls hätte ich mich bald auf den Weg zu Ihnen ins Präsidium gemacht. Sehr lange hätte ich das alles nicht mehr ausgehalten.« Ihre Stimme ist ein Flüstern. Ihr Kopf senkt sich. Dann redet sie weiter, ohne den Kopf zu heben, immer noch leise.

»Meine Ehe ist seit Jahren ein Horror. Aber Scheidung kommt nicht in Frage. Wegen der Stellung im Ort. Wegen der Leute. Da lerne ich durch Zufall David kennen.

Eine nicht mehr für möglich gehaltene Romanze beginnt. Eine Frau im fortgeschrittenen Alter, ein junger Mann.«

Sie hebt den Kopf. Er hat Tränen in ihren Augen erwartet. Alles, was er darin zu sehen bekommt, ist wachsender Ausdruck von Ekel.

»Natürlich alles heimlich. Keiner darf davon erfahren. Es geht gut. Unglaublich gut. Trotz des Zwangs zur Heimlichkeit. Aber nicht für lange. Ich merkte es sofort an Davids Verhalten. Er hat eine jüngere, für ihn wohl auch viel attraktivere.«

Es blitzt in ihren Augen. Er spürt plötzlich Artemis, verletzt in ihrer Liebe und in ihrem Stolz.

»Ich wollte nur mit ihm reden. Aber er war dermaßen gemein. Er hat mich angegrinst, höhnisch. Ja, er habe endlich eine wunderschöne Frau an seiner Seite. Mit der müsse er nicht heimlich herummachen. Mit der könne er sich vor aller Augen zeigen. Wie es sich gehört. Und ich soll mich gefälligst aus seinem Leben entfernen!« Nun ist ihre Stimme laut, heftig.

»Ich sah nur noch rot vor meinen Augen. Einen dichten Nebel, wie ein Flammenmeer. Ich riss den alten Bogen und einen Pfeil von der Wand. Ich schoss. Ich habe ihn getötet.« Ihre Stimme reicht nur zu einem Flüstern. »Und zugleich habe ich mich selbst getroffen, ausgelöscht. Meine Zukunft, meine Hoffnung, meine Liebe.« Das Blitzen ist aus den Augen verschwunden. Wortlos steht sie auf. Er folgt ihr nach draußen. Sie nimmt die Jacke von der Garderobe, schlüpft hinein und wartet. Er öffnet die Haustür. Sie tritt mit ihm nach draußen.

# 7

*Am Weihnachtsabend in der Still*
*ein tiefer Schlaf mich überfiel*
*mit Freuden ganz begossen*

Die Stimmen gleiten durch die Dunkelheit, tragen den Anfang des Liedes zu den Zuhörern im Saal. Ganz langsam, behutsam wird es heller im verdunkelten Raum. Umhüllt von zarten Streifen aus den Scheinwerfern ist allmählich der gesamte Chor auf der Bühne auszumachen. Die von allen schon innig herbeigesehnte Aufführung hat begonnen. Schon vor einer Stunde hat der Herr Pfarrer die ersten Besucher der Veranstaltung draußen am Eingang begrüßt, jeden höchstpersönlich mit Handschlag. Kaum näherten sich die ersten Dorfbewohner, begann es zu schneien. Gesichter wurden nach oben gereckt. »Wunderbar, welch märchengleiche Stimmung. So gehört sich das für das große traditionelle Weihnachtsspiel unseres Ortes.«

Der Saal füllte sich schnell. In der ersten Reihe blieben zwei reservierte Plätze frei. Die Stühle waren auch noch unbesetzt, als das Licht im Saal zum Vorstellungsbeginn ausging. Immer wieder haben der Bürgermeister und einige der anderen Honoratioren aus dem Ort ihre Köpfe in Richtung Eingang gereckt. Aber es geschah nicht, was man erwartete. Die Plätze für die

Ortsbäuerin und deren Gatten blieben leer. Keiner im Saal hatte eine Ahnung, warum Agnes Knarzer und ihr Ehemann Valentin nicht erschienen. Bis auf zwei Personen. Die beiden wissen schon Bescheid, warum die Ortsbäuerin fehlte. Die eine Person sitzt in der vorletzten Reihe und lauscht andächtig den Klängen des Chorgesangs. Otmar Braunberger genießt den Wohlklang, der ihn umgibt. Das tut gut nach den Ereignissen dieses denkwürdigen Tages. Die andere Person steht in der ersten Chorreihe. Rosanna Sternfeld lässt ihre Stimme mit jenen der anderen Sänger verschmelzen.

*Mein Seel fand Freud und Süßigkeit*
*für Honig und für Rosen*
*für Honig und für Rosen*

Freude und Süßigkeit hat ihre Seele gewiss nicht gefunden. Sie zweifelt auch daran, ob das je wieder der Fall sein wird. Aber Rosanna liebt dieses Lied. Die einhüllende Melodie und die poesievollen Bilder des Textes haben sie immer schon tief berührt. In jedem Fall wurde ihre Seele sehr davon bewegt, was ihr der einfühlsame Abteilungsinspektor eine Stunde vor Aufführungsbeginn erzählte. Über Agnes. Über die Umstände, die zu Davids Tod führten. Die anderen werden es schon noch erfahren, hat der Kriminalpolizist angeführt. Morgen, in den kommenden Tagen. Jetzt will ich nur mit Ihnen alleine reden. Ganz im Vertrauen. Es hat sie auch tief berührt, wie er sie dabei anblickte.

*Mir träumet, wie ein Engel käm*
*und führt mich bis gen Bethlehem*
*ins Judenland so ferne*

*Groß Wunderding ich euch hier sing*
*Hört zu, ein neue Märe*
*Hört zu, ein neue Märe*

Welcher Engel wird sie führen? Ihr helfen, Trost zu finden. Sie wendet langsam den Kopf, schaut zur anderen Seite. In jedem Fall die Resi. Davon ist sie fest überzeugt.

Diese herzensgute Frau wird immer für sie da sein. Das hat sie auch gestern Abend deutlich gespürt.

Der Chor stimmt das nächste Lied an, während Rosanna sich behutsam aus der ersten Reihe löst und nach hinten geht. Dort warten schon Robert und Leon. Sie drei würden bald auftreten und den Zuschauern das Spiel von der Herbergssuche bieten, auf das alle warten. Nach fünf Minuten ist es so weit. Sie begeben sich langsam nach vor, hin zum Rand der Bühne.

*Wer klopfet an?*

Leons volltönende Stimme streicht mächtig über die Köpfe der Zuschauern hinweg, ist laut und klar bis in die hintersten Reihen zu vernehmen.

Rosanna schluckt, verpasst ihren Einsatz. Es kommt ihr vor wie eine halbe Ewigkeit, bis der erste Ton entsteht. In Wahrheit dauert es nicht einmal eine Sekunde, ehe sie ihren Part trifft, bis sich ihre Stimme mit jener von Robert verbindet.

*O zwei gar arme Leut!*

Sie hat sich vor dieser Stelle gefürchtet. Schon, als sie langsam an den Bühnenrand schritt, war sie ängstlich. Wie oft hat sie sich genau diese Frage gestellt. Sicher Hunderte Mal, im Krankenhaus und auch zu Hause. Sie versucht wieder, sich völlig aufs Singen zu besinnen, bemüht sich, die in ihrem Inneren aufkommenden Bilder zu verscheuchen.

*Wer vor der Tür?*

Jetzt weiß sie, wer vor Davids Tür stand. Wer den tödlichen Schuss abgab, der auch ihr Leben stark veränderte. Sie hat geahnt, dass David vor ihr ein Verhältnis mit Agnes hatte. Sie hat ihn nie direkt danach gefragt. Sie empfindet nicht einmal Hass gegen diese Frau. Zorn schon eher, und sogar eine Spur von Mitleid.

*Was weinet ihr?*
*Vor Kält erstarren wir.*

In ihr ist Kälte. Seit Davids Tod. Doch die Kälte würde vergehen. Davon ist sie überzeugt. Nicht heute, nicht morgen. Doch eines Tages würde die Kälte der Wärme weichen, so wie auch die Kälte dieser Winternacht.

Sie schafft es, fertig zu singen, ohne nochmals abgelenkt zu werden. Irgendeine Form von Last ist bereits von ihr gefallen. Das spürt sie, als sie langsam nach hinten geht, um sich in die Soprangruppe des Chores einzureihen. Das Spiel nimmt weiter seinen Lauf. Lieder, Gedichte, Szenen. Schon der erste Auftritt der Hirtenkinder gelingt großartig. Und auch für jedes weitere Erscheinen bekommen die Kleinen kräftigen Applaus von Seiten der Zuschauer.

Rosanna freut sich auf das Schlusslied. Auch das liebt sie besonders. Aber zuvor haben die kleinen Hirten noch ihre letzte Szene.

»Da, schaut hin!« Es ist der Allerkleinste aus der Runde der Kinder, der diese Sätze rufen darf. Aufgeregt deutet er weit in die Ferne. »Seht ihr denn nicht? Da ist der große Stern, direkt über dem alten Stall. Er weist uns den Weg. Er führt uns genau zur richtigen Stelle!«

»Ja, wir sehen ihn auch!«, stimmen die anderen Kinder ein. Alle zusammen blicken zum Stern, setzen sich in Bewegung, folgen dem Licht.

Der Kriminalpolizist in der vorletzten Reihe lächelt auch. *Seht ihr denn nicht? Da ist der Stern.* Das würde ihm ohnehin keiner glauben. Er hat auch nicht vor, es irgendjemandem zu erzählen. Auch ihm hat ein Stern den Weg gewiesen, hat ihn zur richtigen Stelle gebracht. Genau genommen, waren es mehrere Sterne. Der aus Bethlehem war nicht darunter, dafür die anderen, die zusammen das Sternbild Orion bilden. Hätte ihm Rosanna nicht zufällig davon erzählt und hätte er nicht zufällig an die alte Geschichte aus dem griechischen Sagenbuch denken müssen, er wäre wohl nie auf die letztendlich entscheidende Lösung gekommen. Zufall? Weihnachtswunder? Egal. Hauptsache, er hat die Antwort gefunden. Jetzt genießt er erst einmal das Schlusslied des Chores.

*Heller Stern, du wunderschöner,*
*führ mich weiter hügelwärts.*
*Mach die dunkle Nacht mir hell.*
*Und erwärme auch mein Herz!*

Der Schlussapplaus ist herzlich, dauert lange. Als die ersten Besucher den Pfarrhof verlassen, blicken sie erstaunt nach oben. Es hat aufgehört zu schneien.

Über ihnen ist der helle Winterhimmel auszumachen.

Sternenklar.

# NACHWORT

Ich habe an manchen Stellen überlieferte Bräuche der Weihnachts- und Vorweihnachtszeit für diese Geschichten verwendet. Anregungen und Information dazu fand ich auch im folgenden Buch: Reinhard Kriechbaum »Weihnachtsbräuche in Österreich« (Verlag Anton Pustet).

In der Geschichte »Wer klopfet an?« habe ich zudem drei Weihnachtsliedern einen besonderen Platz gegeben. Das aus Salzburg stammende Herbergslied »Jetzt fangen wir zum singen an« mag ich vor allem auch wegen des sehr schlichten aber die Situation stets treffenden Textes. Ähnliches gilt für das alte Lied »Am Weihnachtsabend in der Still« (Der Hirten Traumlied). »Wer klopfet an?« Erste Spuren/Textfragmente zu diesem alten Lied über die Herbergssuche von Josef und Maria finden sich bereits im 18. Jahrhundert. Verbreitung fand es vor allem in Österreich und Bayern.

Und sollte sich jemand auf die Suche machen, woher denn »Heller Stern, du wunderschöner, führ mich weiter hügelwärts« stammt, wäre ich auf die Antwort sehr gespannt. Denn dieses Hirtenlied im Chorsatz habe ich erfunden, weil es so gut zum Schluss der Geschichte passt.

# Martin Merana ermittelt:

GMEINER SPANNUNG

WWW.GMEINER-VERLAG
*Wir machen's spanne*